La chica más pop de South Beach

Sudaquia
editores

New York, NY.

Colección Cangrejo

La chica más pop de South Beach

Pedro Medina León

Sudaquia Editores.
New York, NY.

Índice

Para Álvaro Abusada, por los domingos de cervezas en Española Way.

"Te vi quemando el pasaporte con rabia, en la fuente de
la Plaza Real"

Andrés Calamaro

-"Todo lo demás también" *Alta suciedad*-

"Todo lo que hago tiene acento.

Es mi único pasaporte".

Hernán Vera Álvarez.

-"Identidad", *Los románticos eléctricos*-

Kind of prólogo

Algunas versiones similares de estos relatos aparecieron publicadas en antologías, en algún trabajo en solitario, o inspiraron el pasaje de una obra o una obra completa. De acá han salido novelas; en *Marginal*, por ejemplo, Carmona es el personaje central, y de "Camagüey" nació mi novela *Americana* y el manuscrito en el que trabajo en paralelo a este libro, y la Washington Avenue y sus luces de neón, que atraviesan todas estas páginas de principio a fin, atraviesan también de principio a fin *Varsovia*. El personaje de Clarita, que aparece aquí varias veces, es uno de los más importantes en mis novelas también antes mencionadas y de *Miami. Días de ficción* que saldrá el 2021 en España. No menos relevantes son los bares Al Capone, el Ilusiones, el Normandy, los efficiencies, los alleyways, el hostal Bikini y tantos lugares más que son el escenario de todas estas historias y mis otros trabajos como si fuera una atmósfera única.

Estos relatos se escribieron entre 2010 y 2020, por eso la diferencia de estilos. En los primeros mi cabeza no procesaba casi todo en inglés, como ahora; no había descubierto el deep South Beach, en el que los happy hours empiezan a las siete de la mañana, y Lima era una imagen constante en el disco duro de mis recuerdos. Al releer advierto que mi escritura ha mutado conforme me he ido adaptando a la vida de inmigrante, que obedece a distintas etapas de asimilación, pero aún me identifico con ellas, aunque me parezca difícil recrear en varios casos el estilo, sobre todo en "La señorita rocanrol", "La noche de poesía y rosas" y "Aquellos días de mar". Será el lector, pues, quien determine si encuentra evolución o involución narrativa, o en todo caso quien disfrutará más de uno u otro estilo.

Coral Gables 2020

Polaroids

1

'Soundtrack: Misirlou, Dick Dale & The Del Tone.

Mi mirada se confunde con la de una mujer en la esquina de la 13th y Washington. Va descalza, el jean en hilachas por los muslos, carga los tacones en una mano y en la otra se le consume un cigarro entre los dedos. Pedaleo y dejo atrás autos deportivos con cristales abajo que retumban con hip-hop, traseros king size, escotes generosos y dejo atrás el Al Capone, donde fue ayer el concierto de Pistolas Rosadas. Sábado de Pistolas, así anunciaban los flyers amarillos con letras turquesas, con una imagen de Nata, la cantante, la chica más pop de South Beach, con gafas oscuras, chaquetita de jean y sosteniendo el micrófono con las dos manos.

2

Soundtrack: Lonely Highway, Pistolas Rosadas

He faltado a pocos conciertos de los Pistolas. A dos o tres. Los sábados cerca de las diez, Vic, el manager del Al Capone, al vernos llegar a mí y a Carmona destapa un par de Heineken y las pone sobre la barra. Siempre tiene alguna novedad: que despidieron a tal bartender por ladrona, que tal barman anda saliendo con tal dishwasher, y así. Pero ayer nos puso las botellas enfrente y acaso cruzamos un par de palabras, porque Andrea, su mano derecha, la que organizaba los conciertos, se regresaba a su país y era su despedida. El de anoche debe haber sido el mejor concierto de Pistolas. Nata cantó durante hora y media. Y cantó su hit Lonely Highway, que es un himno ya entre los locales del Al Capone, al abrir y cerrar. Lonely se escribió sola un domingo por la noche, dijo Nata sobre el escenario la primera vez que la cantó, las luces le daban una tonalidad violeta a su piel blanca. Regresaba a su casa luego de ver una versión remasterizada de *Run Lola Run* en la Cinematheque. La Washington muestra su peor rostro en esos días y a esa hora. El peor. Es un cúmulo de soledades a la deriva, que solo provoca correr y correr hasta perderse y escapar, como Franca Potente, la actriz de *Run Lola Run*. Nata llegó a su efficiency y volcó en su cuaderno la historia de una muchacha que termina por detestar la vida de South Beach y se compra un boleto one way, en bus, hasta Seattle de un momento a otro, sin mayores preparativos y sin comentarlo con nadie. Solo con su mochila al hombro, a probar suerte. Y de ahí salió la letra.

—Bueno, chicos, a ver qué les parece...

3.

Soundtrack: Round Here, Counting Crows.

Encadené mi bicicleta en el poste. Carmona era el único que ocupaba una de las mesitas de afuera en Pizzas by the Slice. Frente a él se acumulaban botellas vacías de Heineken. Pídete una, dijo, con los ojos vidriosos y perdidos en el neón azul que flotaba por la atmósfera de la pizzería. Pedí. Debería haber un calendario sin domingos ni navidad para ilegales, dijo. Lo demás fue retórica: estuvo bueno ayer el concierto, qué día tienes off, qué tal el trabajo. Pídete otra. Pedí. Más retórica: una lástima que se vaya Andrea, era buena onda y armaba buenos conciertos, ya van a empezar las eliminatorias para el mundial, cómo ves al equipo del Perú, al de Argentina, al de Colombia. Cuando en la mesa había catorce botellas vacías, de las cuales solo dos había tomado yo, Carmona dijo que una cerveza más y no se levantaría al día siguiente, no paraba de tomar desde el jueves.

Nos despedimos y Carmona se perdió, con los hombros caídos y arrastrando los pies, en la noche de neón de la Washington. Pedí una más, busqué Lonely Highway y hundí play. Entonces la chica más pop de South Beach me cantó al oído.

Aquellos días de Mar

bye bye hey hey
maybe we will come back some day now
but tonight on the wings of a dove
up above to the land of love

Patti Smith

A Mar la vi por primera vez en el Starbucks de la West Avenue. Era mi día off en la agencia de envíos Pegasus, y después de almorzar en By the Slice, fui al café a leer un rato. Recién iba a empezar con *Going to Miami*, de David Rieff. Había esperado disponer de tiempo para ello. Me costaban las lecturas en inglés: se me hacían enredadas, tardaba para meterme en la historia.

En la mesita junto a mí estaba sentada ella, Mar, zambullida en un libro. Con una mano se sostenía la frente, con los dedos de la otra tamborileaba la mesa. Su tamborileo me desconcentraba. Las vueltas de página que hacía eran demoradas y, entre una y otra, aprovechaba para alzar la cabeza, estirar las mangas de su suéter GAP azul hasta cubrirse las manos y deslizar su mirada en el ventanal con vista hacia Biscayne Bay. Dejaba de tamborilear por unos minutos, en los cuales yo trataba de enfocarme en la lectura, pero arrancaba otra vez. Cerré entonces el libro, lo puse sobre mis piernas y quedé mirándola: zambullida igual entre esas páginas. Era de más, no iba a poder leer. La temporada en Pegasus estaba lenta, así que ahí podría hacerlo. Me habían pasado del almacén al front desk. El trabajo era más simple: recibir órdenes e ingresarlas al sistema, sobraban ratos libres. En mi anterior lugar habían puesto a Machito, un cubano algunos años mayor que yo que casi todo el día jugaba cartas con una baraja que llevaba en el bolsillo.

Pasaron algunos días de esa tarde en Starbucks, cuando en la puerta de la agencia se estacionó un BMW blanco y se bajó una chica hablando por teléfono. Era ella, la que no me había dejado leer, la reconocí. Sin terminar la llamada, se acercó al front desk y de su bolso sacó un iphone. A la persona que estaba del otro lado de la línea le dijo que ya había llegado a hacer el envío para su hermano en Caracas y que al día siguiente pasaría todo el día estudiando en Starbucks. Algo más le preguntaron, pero dijo que ya tenía al pana de la agencia enfrente de ella esperando, llamaba lueguito.

—Amigo, mire, necesito enviar este paquete a Caracas.

Mientras lo pesaba, Mar chismoseaba *Going to Miami* que estaba sobre el mostrador.

—Vale, se ve interesante este libro, dijo.

Y respondí que sí, que estaba bueno.

Necesité algunos datos para llenar la orden: se llamaba Marianella Figuera, vivía en el edificio El Mirador, de West Avenue, su teléfono era 7863538887.

—El paquete llega en dos días.

Entré al almacén a dejar el iphone y Machito jugaba solitario, el business ya estaba muerto. Dije que si quería podía irse y le recordé que al día siguiente yo estaba off, él tenía que abrir y estar en el front desk. Tranquilo con eso, socio, mañana me toca estar al frente de la nave.

La mañana siguiente la pasé organizando los montículos de ropa que se habían acumulado alrededor de mi cama y luego fui al Publix. Después almorcé, como ya era casi habitual, en el By the Slice. Y el café fui a comprarlo al Starbucks de la West. En el camino me acordé de Mar. El día anterior, en Pegasus, había dicho por el teléfono que estaría todo el día encerrada ahí, estudiando, y efectivamente, Mar estaba otra vez zambullida en su libro, con las piernas cruzadas sobre la silla, tamborileando. Fue después de comprar mi café que pasé junto a su mesa e intercambiamos miradas. Aunque tardó en reconocerme, hizo hola con la mano y sonrió.

—¿Mucho estudio? —pregunté.

—Mid-terms, sí.

—Suerte con eso —dije y le di un sorbo a mi café.

—Mira, vale, ayer me quedé pensando en el libro que estabas leyendo, yo estudio sociología. Para uno de mis cursos tengo que presentar un essay a fin de semestre y quiero escribir sobre algo de Miami, pero aún no sé qué.

Le sugerí que escribiera algo del Miami Riot de 1982, de Overtown. Pero ella no tenía idea de lo que le estaba hablando. Entonces le conté que había sido un conflicto callejero entre negros, gringos y latinos, porque había mucho choque de culturas entre esos tres grupos. Fuerte, con muertos. Durante fines de los setenta y la década del ochenta hubo mucho conflicto así en la ciudad. Si iba a estar un rato más ahí, podía ir a mi casa a traerle un par de libros para que les diera una mirada.

—¿En serio? —preguntó e hizo a un lado su libro y cruzó los brazos sobre la mesa.

—Sí, claro, sin problema.

—Chévere, acá voy a estar, tengo que estudiar toda la tarde.

—¿Cómo es tu nombre?

—Martín — y extendí la mano.

—Ah, yo soy Mar, un placer.

Tardé unos cuarenta minutos en volver, pero ya no la encontré. En su mesa había una pareja de ancianos tomando té y comiendo muffins.

Mar apareció por Pegasus al día siguiente, cerca de las dos de la tarde. Se disculpó por haberse ido: la llamó su landlord, tenía que arreglar unas cosas con él sobre el contrato del apartamento. Le dije que no se preocupara y me preguntó cómo podíamos hacer para los libros, le interesaba mucho darles una mirada. A eso de las siete salía de la agencia, si le parecía podíamos ponernos de acuerdo a partir de esa hora. Esa tarde, sí o sí, dijo Mar, iba a estar en Starbucks. No se levantaría de la mesa hasta que la echaran. Listo, dije, salgo de acá, paso por los libros y te veo en el café. Me agradeció, se volvió a disculpar y nos despedimos. Hubo poco movimiento el resto de la tarde en la agencia y pasé casi todo el rato con Machito jugando Black Jack. Me comentó que se estaban armando unos campeonatos de póker buenos en el bar Zekes, que si me animaba a ir. Yo estaba complicado esa noche, me encontraría con Mar, pero la próxima era un fijo.

A eso de las ocho y media de la noche, llegué al Starbucks con los libros y ahí estaba Mar, en una de las mesas. Puse *Going to Miami* y *Miami, City of the Future* junto al libro que estaba leyendo y levantó la cabeza.

—Épale, Martín, muchas gracias —dijo Mar, muy entusiasta—. Te invito un café.

Los libros que le había llevado eran para un curso de comportamiento disfuncional colectivo, y lo que le conté sobre el Miami Riot le pareció interesante. Se había puesto a googlear información, el tema se le hacía buenísimo. Y conversando sobre Miami, nos dieron las diez y media y nos dijeron que estaban cerrando.

Mar me llevó a mi efficiency en su BMW. De fondo, a volumen bajo, Patti Smith cantaba Frederick.

Vivimos cerca, dijo cuando encendió el motor, y el resto del camino fuimos escuchando la canción sin hablar. En la puerta, Mar me pidió que le diera unos días para revisar los libros. Yo ya los había leído, así que no tenía ningún apuro en que me los devolviera, que se tomara el tiempo necesario. Intercambiamos teléfonos, ya nos estaríamos comunicando. Al bajarme, dije que Frederick era una cancionzota.

Antes de dormir recibí un text de Mar: martín, un millón ☺. avísame cualquier cosa, saludos, respondí.

Machito insistió en invitarme al póker. El campeonato en sí no era campeonato. Solo éramos Machito, Kimbombo —un amigo suyo que a veces iba a buscarlo a la agencia—, un tal Carmona, un tal Cabalito y yo, sentados en una de las mesitas del fondo del Zekes, apostando rondas de cerveza. El póker tampoco era muy póker que digamos: consistía en armar tríos y pares; el que no armaba nada o armaba los tríos y pares más bajos, invitaba rondas de cerveza para todos. No sé cuántos tríos armé ni cuántas rondas perdí, lo único que recuerdo es que una de las veces que fui al baño y revisé mi celular, encontré un text de Mar que decía que acababa de terminar de leer el libro de Rieff y le parecía genial.

Volví a la mesa. Machito ya había guardado la baraja en su bolsillo y Carmona y Cabalito se habían ido. Kimbombo abrazaba a Machito: le decía que era su brother, su brothersazo. Machito me hizo un gesto como diciendo que Kimbombo ya estaba muy borracho, mejor se iban.

Yo me quedé un rato más, pedí una Heineken en la barra. En el televisor de encima de la nevera de las cervezas pasaban videos de canciones de los setenta y los ochenta. Tomé un par de cervezas esperando a que pasaran Frederick, pero solo pusieron videos de The Cure, Hendrix, The Clash; Patti Smith nunca llegó. Dejé un billete de diez junto a la botella vacía y me fui.

Caminé con Frederick en la cabeza, con Patti Smith, con Mar manejando su BMW, con Mar zambullida en sus libros. Saqué mi celular, abrí la casilla de text messages. En lugar de ir a mi casa bajé unas cuadras hasta el El Mirador. Casi todas las luces de los apartamentos estaban apagadas, solo un par encendidas. ¿En cuál viviría Mar? ¿Quizá alguna de las encendidas sería la suya? Saqué mi celular, abrí otra vez la casilla de mensajes, di en la opción compose, pero no, no escribí, preferí guardarlo. En mi casa puse Frederick en YouTube y la dejé en repeat. Abrí una Heineken. De dos sorbos sequé la cerveza. Abrí otra; ni bien empecé a tomar, sentí que un río me desbordaba desde el estómago hasta la boca. Terminé la noche abrazado a la poceta, frente a un líquido amarillento, viscoso, con restos de jamón y fideos.

No serían ni las diez de la mañana cuando timbró el teléfono. Dormido, sin mirar quién era, contesté. Mar estaba en la puerta y venía a devolverme los libros, ya había ordenado los suyos por Amazon. Le pedí disculpas por salir tan mal aspectoso, pero la noche anterior había estado en un bar hasta tarde. Se rio, dijo que si la veía a ella recién despierta no le hablaba más y preguntó en qué bar. Un barcito acá en Lincoln, el Zekes, ¿lo conoces? No lo conocía. De hecho, tampoco conocía a nadie por la zona. Sus pocos amigos eran sus compañeros estudiantes de FIU. Una que otra vez había salido con ellos, pero más que nada a Sports Bars. Entonces le dije para ir a algún bar el sábado y le pareció súper.

El resto del día no pude hacer nada, la resaca me aniquiló. Me quedé tirado en la cama; cuando me dio hambre llamé a la taquería La Chismosa, pedí el especial de dos por uno en burritos: uno fue mi almuerzo y el otro mi comida. En la noche escribí un text a Mar preguntando cómo le había ido en su examen. Creía que bien, respondió, estaba en Starbucks estudiando para otro más que tenía al día siguiente.

El sábado llegué a El Mirador a las nueve de la noche. Mar salió vestida de jean, camisa Lacoste blanca, Converse también blancas, todo le combinaba perfecto. Le pregunté si le gustaba el rock en español de los ochenta y me dijo que sí. Entonces le dije que iríamos al Al Capone, un bar en la Washington de ese estilo de música, en el que a veces tocaban bandas en vivo. En el camino, Mar me contó que su papá, hacía un par de años, había decidido mandarla a Miami porque en su país las cosas estaban imposibles con Chávez. Él trabajaba en el Banco Mercantil, el gobierno la tenía agarrada contra los banqueros. Los planes de Mar eran terminar de estudiar, conseguir trabajo en Miami y no volver a Venezuela. Acababa la carrera en un par de meses y buscaba algo. Ya había empezado, pero hasta el momento nada.

No tocaba ninguna banda esa noche en el bar, lástima, me hubiera encantado que escuchara a los Pistolas Rosadas, pero tenían música un tributo de canciones a Soda Stereo. Nos sentamos en la barra; ella pidió una Corona al gringo con gorrita de los

Red Sox que atendía y yo una Heineken. Al extremo de la barra vi a Cabalito, uno de los jugadores de póker del Zekes; nos saludamos de lejos. Después de destapar las cervezas, el gringo de la barra se fue a conversar con él. Mar se quedó mirando a la pared de atrás del tabladillo, donde descansaban la batería, la guitarra y el micrófono, la caricatura de Al Capone de tamaño gigante. Ese era otro de nuestros vecinitos, comenté, se suponía que le encantaba el Clay Hotel, en Española Way, para hacer sus apuestas ilícitas, al menos esa era la leyenda urbana. Entonces Mar me preguntó qué había estudiado, le sorprendía que fuera tan leído. Le dije que de momento solo estaba en Pegasus, juntando plata para resolver el tema de mis papeles. Esperaba casarme con una cubana el próximo año, conseguir la residencia y poder estudiar sociología, como ella.

Iba por la quinta cerveza y ella por la tercera cuando dijo que, si tomaba una más, vomitaba, tanta cerveza le caía mal.

A un par de cuadras de haber dejado el Al Capone, la llovizna se hizo intensa y apuramos el paso. En El Mirador apenas nos despedimos, ya la lluvia era una masa espesa de agua que bañaba las aceras, las palmeras, los techos de los autos. Márcame al llegar, escuché a mis espaldas cuando ya había corrido unos metros.

Mar estaba acostada cuando le marqué, solo esperaba mi llamada para dormir. Quería saber si había llegado bien.

—Bien mojado —dije y se rio.

Ella dijo que la había pasado lindo. Y yo le dije que ella era una excelente compañía.

—¿Qué planes para mañana?

—Nada —dijo—, ninguno.

—Hay que vernos un rato, qué dices.

—Vale, me parece, ¿quieres venir a mi casa a almorzar?

—¿Como a qué hora?

—A mediodía. Voy a cocinar, todos los domingos cocino.

Quedamos y nos despedimos y antes de lavarme los dientes y alistarme para dormir, puse Frederick en YouTube.

El Mirador era uno de los edificios color aguamarina que encerraban el océano liso de Biscayne Bay, y se veían desde el puente Mac Arthur cuando uno llegaba a Miami Beach. Del otro lado se levantaban las casotas de Star Island, resguardadas por palmeras y yates. Mar vivía en un one bedroom, en el piso 9, de suelo, paredes y techo blancos. Como único mueble —al centro de lo que sería la sala o quizás el comedor— tenía una mesa también blanca donde estaban sus libros desordenados. Más allá, cojines azules dispersos. Mar había cocinado ravioles y en cosa de pocos minutos los platos estuvieron vacíos.

—¿Café, Martín?

—Bueno.

Me levanté de la mesa con los platos, para llevarlos al dishwasher y en la cocina, junto a la cafetera, antes de que la encendiera, busqué sus labios y los encontré. Nos dejamos llevar por el impulso, por nuestras manos, fuimos cediendo el uno al otro. Sin dejar de besarnos, llegamos a los cojines.

Unos minutos después me desvanecí sobre ella, hasta que nuestras respiraciones fueron recuperando su ritmo mientras me acariciaba la cabeza.

Pasamos el resto de la tarde en los cojines, desparramados, comiendo helado Haagen Dazs de vainilla, conversando de su proyecto de fin de semestre, escuchando todo el Live at Montreaux de Patti Smith.

—Ahí no canta Frederick, reclamé.

—Mejor, para que no te aburras.

A las seis dije que me tenía que ir, quería acostarme temprano. Debía madrugar para abrir Pegasus, los lunes esperábamos a UPS.

Desde entonces empecé a ir a El Mirador por las tardes, al salir de Pegasus. Mar investigaba y escribía para su proyecto, estaba en las últimas semanas de clase. Yo llegaba, ella hacía un break, preparábamos café. Los fines de semana íbamos al Al Capone o al Zekes o a algún bar de la Lincoln, la Washington o Española. Mar estaba encantada de conocer South Beach: decía que cada vez entendía más por qué yo estaba fascinado con la ciudad. Los domingos cocinábamos pastas. Según Machito me había enamorado, era un fijo menos para el póker. No sabía lo que me estaba perdiendo, tremendos campeonatos.

A Mar le fue muy bien con el essay de Miami Riot. Un tema diferente de los habituales, muy interesante, dijo Professor Cruz, y le puso una A. Propuse celebrar tomando un mojito en cada bar que viéramos en nuestro camino por Española, Washington y Lincoln. Le pareció genial, era lo mínimo por acabar la carrera y sacar A en el essay. Entramos en nueve o diez bares, no recuerdo bien. El último fue uno de Española. No podía más, dijo Mar, no podía ni caminar, que por favor nos fuéramos en taxi. En su casa puse Frederick y nos quedamos dormidos.

En uno de mis días libres, sentados en las rocas frente al mar del parque Smith and Wollensky, Mar dijo que estaba pensando regresar a Venezuela. No era su intención, pero había terminado la carrera hacía dos meses y no encontraba trabajo. Su visa de estudiante expiraría pronto y no quería quedarse indocumentada. Su papá le había dicho que regresara, él la acomodaba en algo por allá. Además, estaba por vencer el contrato de alquiler en El Mirador y así, en esas condiciones, ni hablar de renovarlo.

—Entiendo —dije, siguiendo con la mirada a uno de los cruceros de Carnival que partían rumbo a las Bahamas con cientos de pasajeros a bordo, felices, haciéndonos adiós. Al poco rato, cada uno estaba en su casa.

Pasaron varios días en los que no nos comunicamos. Machito me animaba, las jevas son así, compadre, hay que verlo por el lado positivo, ya recuperamos un fijo para las noches de póker. Aparte de Cabalito, Kimbombo, él y Carmona, ya eran varios los que se juntaban en el Zekes. Y se había establecido como días para jugar los martes y jueves a las diez. Eran dos mesas, se iban eliminando jugadores hasta que quedaba todo en una sola.

El hielo entre Mar y yo se rompió con una llamada que ella me hizo a la agencia. Quería verme después del trabajo, en el Starbucks. Llegué al café a las siete y ahí me esperaba ella. Preguntó cómo estaba y le respondí que bien, extrañándola, pero bien. Me agarró la mano, dijo que no había habido un solo día que no se hubiera acordado de mí. La miré, pero no dije nada. Ya, ya se regresaba a Venezuela. El taxi pasaría a buscarla en un par de horas por El Mirador para llevarla al aeropuerto. Sus ojos estaban húmedos. Sacó del bolso el CD de Patti Smith y me lo dio, y me dio también un beso en la frente.

—Nunca te olvides de la nueve —dijo—. Cuídate mucho.

Busqué sus labios, pero no los encontré, y se dio la vuelta.

Me quedé observándola desde el ventanal mientras se confundía entre la gente que iba y venía por la West, hasta que entró en El Mirador.

Pregunté la hora: recién eran las ocho. Compré un tall blonde y me desparramé en el mismo sillón donde estuve sentado la primera vez que la vi. Miré el orden de las canciones en el CD. La nueve era Frederick. Saqué mi teléfono del bolsillo y tenía un text de Mar que decía que me cuidara mucho, y otro de Machito para que confirmara si iba al póker de las diez, si seguía siendo un fijo o ya me habían perdido otra vez.

A Mar le respondí que ella también, y a Machito que sí, seguía siendo un fijo.

Señorita rocanrol

1.

No seas cojuda, te vas a pasar la vida en esa pocilga, vete, decía Paola cada vez que Andrea la llamaba por teléfono cuando estaba aburrida en Verona. Tenía la visa, hablaba inglés, que aprovechara. Vendiendo zapatos en el huecucho ese jamás iba a llegar a ningún lado. Las nueve horas que pasaba entre esos anaqueles de madera, donde reposaban cientos de zapatos, le estaban oxidando las neuronas. Hasta el dueño, el señor Rivarola, un hombre ya mayor que cuando hablaba le hacía recordar a los sacerdotes de su colegio, la animaba para que buscara su camino fuera. Tenía que irse, era joven, buenamoza.

En las mañanas, camino a Verona, por la avenida La Mar, el eco de las voces de Rivarola y Paola retumbaba en su cabeza. Entonces encendía el ipod y todo parecía una película de cine latino de bajo presupuesto, decadente, sin final feliz pero con buen soundtrack: las puertas de fierro de los talleres cerrados, los perros olisqueando los zapatos de los niños que iban de la mano de su mamá al colegio, el panadero, el periodiquero, el manto color rata que encapota el cielo limeño a esa hora. Rivarola y Paola tenían razón: debía irse.

Por la tarde, cerca de las seis, de regreso, cuando ya los talleres dejaban ver sus paredes de ladrillo rojo desnudo y sus suelos ennegrecidos de gasolina y aceite, y niños de rodillas amoratadas jugaban a la pelota, y a ella solo la esperaba la guitarra en su cuartito frente al mercado, las voces en off de Paola y Rivarola insistían.

2.

El día en que tomó la decisión lo tenía libre. Fue a Verona temprano, cerca de las diez de la mañana. Rivarola estaba con los ojos hundidos en las losetas blancas y negras del suelo, que formaban rombos, y de fondo, unos parlantes cansados susurraban una canción de Mocedades. Le pareció que a Rivarola se le iluminó la mirada al escucharla. Era como si el viejo zapatero tuviera sentimientos encontrados. Nostalgia, alegría, y por qué no, un poco de envidia también por ella, que podía partir, buscarse una nueva vida.

—¡Me voy, huevona! —saliendo llamó a Paola.

—¡Aleluya, cojuda, por fin! Vente a mi casa al toque para que me cuentes.

3.

El último fin de semana de Andrea en Lima, Paola organizó una guitarreada en el techo. De esas en la azotea de su edificio, El Triana, que tantas veces había organizado con los del Instituto de Idiomas y los de la cuadra. Quitó la ropa tendida de los cordeles y colgó fotos de ellas, de Andrea y Davo, de Andrea y Pacucho, con todos, hasta con Rivarola; entre los dos tanques de agua acomodó una silla y la guitarra. Además, puso una mesa cubierta por un mantel a cuadros rojo y blanco, rodeada por sillas de plástico de distintos colores, dispuesta con una cacerola de arroz con pollo y botellas de cerveza.

—Pucha, oye, está buenazo, ¿quién cocinó?

—Mi viejita.

—Manya, ah, la rompe la tía.

—Claaaaaro.

—A ver, pásame la cebollita.

Al terminar de comer, Andrea se colgó la guitarra. Tocó varias canciones de Calamaro, Sui Generis, Fito, y fijando la mirada en las masas de concreto gris que se levantaban hacia el centro de Lima, cerró con Donde manda marinero no manda capitán, de Calamaro.

—¿Y adónde llegas allá en Miami, huevona, tienes algo de family?

—No, nada, no tengo nada. Llego a Miami Beach, ahí llega todo el mundo, ya averigüé. Es la zona de los turistas, los restaurantes, las tiendas caras. La huevada es solo llegar y salir a caminar por las calles a buscar chamba.

—Ah, manya, no jodas. Bueno, loquita, cuídate pues oye, escribe, ah, no te pierdas.

—Nica, de mí no se deshacen fácil.

4.

El vuelo 321 de Taca anunció la llegada al Miami International Airport. Los pasajeros estiraron los brazos, bostezaron, se levantaron de sus asientos, abrieron los compartimentos superiores para sacar el equipaje. Andrea se puso la mochila en los hombros, encendió el ipod, en su libreta anotó: Calamaro, Media Verónica, Miami, aterricé.

El aeropuerto olía a caja de Nintendo por dentro. El tapete azul revelaba el ir y venir de los viajantes arrastrando maletas. En las paredes colgaban carteles de playas con arena blanca y mar turquesa, de mujeres empinando copas de martini, de edificios color aguamarina encerrando el océano calmo de una bahía. Carteles y carteles de Customs e Inmigration que desembocaban en un hormiguero de personas a la espera de ser atendidas por los oficiales de control migratorio.

5.

A Andrea le tocó pararse detrás de un hombre que parecía Papa Noel, vestido con camisa floreada y bermudas color verde olivo. Luego de escuchar tres o cuatro canciones en su ipod, el oficial de inmigración le hizo un gesto para que se acercara.

—Reason of your trip —preguntó el oficial de camisa blanca, de mangas cortas y bíceps recién salidos del gimnasio que parecían chorizos prensados.

—Vacations.

—Where are you staying?

—South Beach —dijo, y le mostró la dirección del hostal Bikini, que tenía impresa en el papel de la reserva.

—Ok, enjoy.

Al salir del hormiguero, encendió el ipod y siguió los anuncios de Luggage. Después, cuando recogió su equipaje, los de Exit.

Afuera, se acercó a uno de los taxis amarillos que esperaban alineados para recoger pasajeros.

6.

El chico de la recepción del Bikini jugaba solitario en su iphone. Sin desviar la mirada le preguntó su nombre y su información de reserva. Andrea respondió y le dio la constancia y el pasaporte. El chico puso el juego en pause y tecleó en la computadora.

—All the way down to the left —y descolgó la llave de un tablero de madera que había detrás de él.

La habitación era poco más grande que un baño público portátil. Las paredes blanco humo, la cama envuelta por una cobija anaranjada, y al lado, la mesita de noche. Dejó la maleta en el suelo y se acostó. En el techo giraba un ventilador de hélice, bastante lento. Encendió el ipod y en su libreta anotó: Fito, Tumbas de la gloria, Miami, el Bikini. Se cubrió la cara con el brazo y cerró los ojos. Estuvo así más o menos media hora. Luego se levantó: tenía algo de hambre y quería una computadora para escribirle a Paola.

A un par de cuadras, le dijo el chico de la recepción, en la Alton llegando a Lincoln, había un McDonalds. Y en el hostal no tenían computadoras para los huéspedes, pero había un Kinko's next to the McDonalds. Ahí podía alquilar computadora con internet.

Una brisa tibia acariciaba las palmeras. La ciudad tenía un brillo especial que no podía explicar. Las aceras eran rojas y lisas, sin promesas de amor grabadas ni cagadas de perro, como las que acostumbraba a caminar en Lima. Soda, Hombre al agua, Miami Beach, South Beach, calles de South Beach, anotó. Al llegar a Alton vio, del otro lado de la pista, el McDonalds, y un poco más allá, el Kinko's. Primero escribía y luego comía.

From: andreaseca@hotmail.com

To: paulalaloca@hotmail.com

Subjetc: acá, miami

pao:

*llegué hace un rato. el vuelo, el telo, todo bien.
mañana arranco a buscar chamba. bueno, este
internet cuesta un egg de plata. salúdame a la
gente... te escribo al toque q tenga novelas. A.*

*También aprovechó para entrar a su cuenta de
banco y ver cómo andaba de plata. Tendría que
hacer números más tarde.*

*En la puerta, saliendo, vio una canastilla con
diarios que decía FREE, grab one. Cogió uno de
anuncios clasificados. Se lo puso bajo el brazo.*

7.

En el McDonalds pidió una double cheese con papitas y se sentó en una de las mesas que daban a Alton Road. Afuera, las bicicletas iban y venían de uno y otro lado de la pista, hombres de cabello cortito caminaban de la mano y mujeres escotadas y de bronceado perfecto paseaban a sus perritos. La ciudad tenía brillo. Un brillo inexplicable.

Mientras le bajaba un poco la comida, hojeó el diario. No cabía un solo anuncio más de empleos y ofertas. Le llamó la atención el de la tienda de instrumentos musicales de los hermanos Falcón: "Hermanos Falcón, instrumentos musicales para toda ocasión. No te pierdas el gran remate de guitarras nicaragüenses y guatemaltecas". Jamás había visto una guitarra de ninguno de esos países, pero igual hizo un círculo en el clasificado.

Después caminó hacia el Bikini: quería acostarse para salir al día siguiente temprano a buscar trabajo.

En el Front Desk le preguntó al chico, que comía un meat balls marinara sandwich del Subway, si conocía la tienda de instrumentos de los hermanos Falcón.

—I dunno —dijo, con la boca abierta, llena de trozos de carne molida.

8.

Andrea entró en restaurantes, bares, tiendas y cafeterías que iba encontrando con el anuncio de Help Wanted estampado en la puerta. En algunos lugares le daban un Employment Application Form para que lo llenara, que cualquier cosa ya la llamarían. En otros, primero le pedían su Authorization for Employment Card and Social Security. No tenía. Sorry, we can't hire you. Pasó la primera semana, o quizás diez días, no recuerda bien, y en la taquería La Chismosa, de Washington Avenue, un hombre de bigote tupido y gorrita de los Red Sox solo le preguntó si conocía bien South Beach, porque necesitaba, urgente, alguien para que hiciera los deliveries en bicicleta: se les acababa de ir el chamaco que los hacía.

Sí, claro que sí, dijo Andrea. Pues hágale entonces, dijo el hombre y la llevó hasta el mostrador, donde había una orden de comida dentro de una bolsa blanca. Estos taquitos Al Pastor son para el señor Medina, siempre pide lo mismo. Es rete buena onda el mister, pero hay que atenderlo bien. Tienen que llegarle calientes, con piña y salsita verde. Es acá cerca, ahí está anotada la dirección en el ticket. Ya cuando regreses hablamos lo de la paga.

El hombre le dijo que la siguiera. Salieron de la taquería y la llevó al alley. Encadenada a un poste había una bicicleta pintada con los colores de la bandera mexicana, dos cuernos en el timón, y entre los cuernos, un radiocassette amarrado con alambres. El hombre hundió el botón de play y empezó a sonar La Bikina, de Luis Miguel. A este aparatejo tienes que hacerlo sonar cada vez que llegues a hacer un delivery para anunciarte.

Cuando Andrea se sentó en la bicicleta, el hombre le dio la orden de comida y le dijo que era Cabalito, que mucho gusto. ¿Cabalito? Así mero. Yo soy Andrea.

Pedaleó una cuadra y dobló en la calle que atravesaba la Washington, paró y sacó su libreta: Calamaro, Sin documentos, Miami, Mi primer trabajo. No tengo ni puta idea de hacia dónde estoy pedaleando. Se supone que acabo de decirle a

Cabalito que conozco bien South Beach, pero no sé dónde estoy parada.

From: *andreaseca@hotmail.com*

To: *paulalaloca@hotmail.com*

Subjetc: *Acá, Miami (2)*

pao:

hace unas semanas que conseguí chamba en una taquería. hago los deliveries. no he tenido día libre. estoy trabajando 12 horas diarias. no tengo tiempo ni para tirarme un pedo. es temporada alta. esto se ha llenado de turistas y gringos huevones que vienen a tomar cerveza, gritar uh, uh, uh y eructar. La próxima semana dejo el hostal. me mudo en mi día libre. he alquilado un efficiency. esta zona es alucinante porque es la zonaja donde se mueven las banditas de rock locales. claro que no conozco a nadie. bueno, amiga, debo ir a lavar ropa, no tengo ni un calzón para ponerme mañana. ya tengo celu: 786 266-0111. poco a poco vendrán la compu y la guitarra —está buenaza, es guatemalteca—. espera pronto más noticias mías. Muaks muaks pa todos A.

9.

Andrea se encontró con el landlord en la puerta del efficiency. Le entregó el dinero del depósito y el mes adelantado en dos fajos. Él prefería así: cash. Siempre quería que le diera la plata en la mano. Él vivía en South Carolina, aunque cada fin de mes viajaba a Miami para ver algunos negocios, así que la llamaría para ponerse de acuerdo y ver cómo harían para que le pagara. Le entregó las llaves y le dijo que el anterior inquilino había dejado un colchón casi nuevo tirado en el suelo, que lo mirara, y si quería lo use, ahí lo dejaba. Para que le conectaran el internet tenía que llamar "aquí" y para el cable "allá". Y a un par de cuadras había un laundry bien económico.

Andrea revisó el colchón, se sentó en él y lo olió, no estaba mal. Antes de ponerse a limpiar y organizar fue a la tienda de los hermanos Falcón. Aún tenían colgada la guitarra guatemalteca que había visto días atrás. Es una Macera, dijo el dependiente, lo mejorcito en guitarras guates.

Le tomó tres horas sacarle brillo al efficiency. En lo que más tardó fue en el baño: ¿quién se habría sentado a cagar en ese trono? Qué asco. Tenía que dejarlo brillante. Al terminar se quitó el jean y los zapatos, puso las sábanas en el colchón y se sentó con la Macera. Estación. Sui Generis. Miami. Mi primera casa. Anotó: Todos sabemos que fue un verano descalzo y rubio, que arrastraba entre sus pies, gotas claras de mar oscuro... Siguió con Botas locas, Aprendizaje, Necesito...

10.

Cabalito le preguntó qué tal el studio. Súper, dijo ella, y le enseñó unas fotos que había tomado con su celular. Pues qué chingón, ¡con guitarra y todo! ¿A poco eres guitarrista? Me encanta tocar, toda la vida he tocado. ¿Baladitas? No pues, más que nada rock. Así que eres rocanrolera, qué chido. Parecía que a Cabalito le estaban poniendo a los artistas en el camino. Hasta hacía poco andaba rondando por ahí, en las nochecitas, un poeta compatriota suyo, pero de Tamaulipas. Ya más o menos que se habían hecho amigos. Se sentaba a comer un par de taquitos, revisaba sus notas, su cuaderno, tomaba una cerveza y se iba a Española Way, a vender rosas en los bares y recitar poemas a quienes le compraran. Aunque de buenas a primeras había desaparecido. Las malas lenguas decían que se lo habían levantado en la redada que hizo inmigración hacía unos días en la esquina de Española y Washington Avenue. Esa esquina llevaba buen tiempo que se había puesto de la chingada. Parecía un panal de putas y corría mucha droga, sobre todo perico, vendían perico que daba miedo. Por eso los camioncitos blancos de la migra y las patrullas de la policía la atajaron por sus cuatro costados. Incluso entraron a la misma Española y levantaron todo lo que pudieron.

Pero bueno, "señorita rocanrol", acá hay una orden de fajitas de carne para llevar al bar Al Capone. Es para Vic, el manager, un gringo bien padre. Pero a este no le pongas salsita picante porque luego llama a decir que está cagando bolas de fuego.

11.

El Al Capone quedaba en la misma Washington Avenue. Andrea había pasado por ahí varias veces. Al llegar —a esa hora el bar estaba cerrado—, encendió la radio en La Bikina y golpeó la puerta. Come in, dijeron desde adentro. Las mesas, con las sillas volteadas encima, encerraban un cuadrilátero en el que por las noches se aglutinaban las personas. Frente a una pared roja, en la que se lucía una caricatura de Al Capone, había un tabladillo donde reposaban una guitarra, una batería, un micrófono y un riachuelo de cables negros surcando entre ellos. Un sujeto con gorrita de los Boston Red Sox, atrás de la barra, junto a una calculadora y un cuaderno de tapas duras.

Wasup, are you the new one at La Chismosa? Yes, I am. Nice to meet you, I'm Vic, y estiró la mano. Entendía español, dijo, pero prefería hablar en inglés, his spanish was mucho malo. Nice to meet you too, se presentó Andrea. Mientras revisaba su pedido, Vic le preguntó cuánto tiempo llevaba en La Chismosa. Varias semanas, contestó Andrea. Él siempre pedía comida ahí, pero había estado en Pensacola visitando a su familia, por eso no la había conocido antes. Sacó un billete de veinte dólares de la registradora y le dijo que se quedara con el cambio. Andrea le dio las gracias. No, my friend, thank you, and please saluda a Cabalito.

En La Chismosa, mientras cuadraban las cuentas de los deliveries del día, Cabalito le preguntó a Andrea cómo le había ido con el gringo. Le fue muy bien, hasta le dio ocho dólares de tip. Ah, así es ese gringo, jamás pide el cambio.

Al día siguiente Vic volvió a ordenar fajitas. Andrea llegó al Al Capone, y él, con su gorrita de los Boston Red Sox, secaba vasos y copas detrás de la barra. Hey, my friend, wasup, dijo cuando la vio. Andrea le entregó la bolsa con comida y se quedó mirando hacia el tabladillo: la guitarra en el suelo, botellas de agua vacías entre los cables, papelitos, cigarros pisoteados. We had a band yesterday. A rock band. U like rock? Me encanta, incluso toco guitarra. Sobre todo rock en español, aunque también sabía algo de bandas y cantantes en inglés. That's cool, dijo Vic, a él le encantaba Nirvana, Cobain era su ídolo. A Andrea también le gustaba Nirvana, tocaba Penny Royal Tea y Come As You Are. El Unplugged le parecía buenísimo. ¿Y REM? ¿Y Stone Temple Pilots? ¿Y los Chilli Peppers? Y así siguieron hablando un rato más hasta que Vic le entregó, igual que el día anterior, un billete de veinte y le dijo que se quedara con el cambio. Say hi to my friend Cabalito, dijo Vic cuando ya Andrea casi salía del bar.

12.

—Te dije que este gringo pedía y pedía —dijo Cabalito. En las órdenes había una de fajitas para Vic—. Mándale mis saludos y dile que le caigo este weekend para tomar unas chelas.

En el Al Capone, el tabladillo otra vez estaba desordenado. This shit was crazy last night, se quejó Vic, no le estaba alcanzando el tiempo para atender bien al bar. Solo trabajaban él y la bartender y con los conciertos todos los días se estaba llenando el local. Si conocía a alguien a quien le pudiera interesar trabajar como su ayudante, que se lo recomendara. Diez la hora más un porcentaje de los tips de la noche. Era urgente.

Esa misma tarde Andrea le comentó a Cabalito que le gustaría irse a trabajar con Vic, que necesitaba un ayudante.

13.

Tenía que repartir flyers en la esquina de la Washington con la 16th Street, cartulinitas de colores que anunciaban los conciertos, le escribió a Paola en un mail. Lunes y martes los tenía off. De miércoles a domingo se paraba todas las tardes con el ipod en los oídos y le entregaba un flyer a quien pasara a su lado. Algunos ni volteaban a mirarla, otros lo arrugaban y lo tiraban al piso. Era divertido, parecía que le estuvieran pagando por escuchar música paradota en la calle. El calor era lo único malo, insoportable. Llevaba una camiseta para cambiarse porque siempre terminaba empapada de sudor. Lo que más la impresionaba era la gente locaza que andaba por las calles de South Beach, en sus autos descapotables y el hip hop a todo volumen, con mujeres con las tetas afuera o drag queens mandando besitos volados. Y claro, no faltaba un demente que sacaba un arma y metía bala.

En fin. ¿Tú, cómo vas? ¿Cómo está toda la gente?

14.

Vic destapó dos Heineken, le dio una a Andrea, se acodó en la barra y le dijo que quería que alguien se ocupara de los conciertos, de organizarlos completamente: conectar y desconectar amplificadores, limpiar instrumentos y regular el volumen de los micrófonos, atender a las bandas cuando estuvieran en el local. Además, tenía entendido que la calle se estaba poniendo fea otra vez. Las cosas se habían calmado desde la redada de la migra un tiempo atrás, pero sabía que Miami Gangsta was coming back, and it was not safe for her to be out there. Think about it, my friend, take your time. If you are interested, it's yours.

Andrea no tenía nada que pensar. Se tomó la tarde libre y en Ross compró jeans, unas Converse rojas y otras negras, y varias camisetas. Necesitaba algo de ropa para empezar bien. Después pasó el resto del día en su efficiency, con la Macera:

Rasguña las piedras.

Confesiones de invierno.

Three Little Birds.

15.

Lo más aburrido de su nuevo trabajo era recibir a las bandas, cambiarles la botella de agua a los cantantes cuando se la terminaban, limpiar y ordenar el tabladillo y los instrumentos para dejarlos listos para el día siguiente. Y lo que más le gustaba era contactar con las bandas para invitarlas a tocar. Solo le daba a Vic, cada quince o veinte días, un papel con los nombres y los días en que tocarían para que estuviera al tanto. De hecho, así era como había empezado a conocer a gente del entorno musical. Ya se había encargado de varios y cada vez se llenaban más. Sobre todo cuando tocaba Pistolas Rosadas. Todo el mundo moría por ellos, porque tocaban covers de Los Fabulosos Cadillacs, The Clash, Concrete Blonde y tenían un álbum propio con el súper hit Lonely Highway. Hasta Cabalito —el mexicano de la taquería— era fijo en esos conciertos. Andrea ya había hecho su grupito con él, con Vic y con Nata —la cantante de Pistolas—, con quien ya se había hecho brothersaza.

—¿Bro, por qué no organizas un concierto grande? —preguntó Nata, la cantante de Pistolas, a la que se le conocía como la chica más pop de South Beach, acodada en la barra con una Heineken, después de terminar en el escenario—. Esto lo tenés cada vez más full, che. Un festival. Tenés que hacer un festival. Un gran festival de rock. Pensalo.

Una y otra vez lo conversaron y Andrea le dio vueltas a la idea varias veces hasta que le propuso a Vic organizar el Sobe Rocks, un evento de todo un fin de semana. Abrirían más temprano esos días, a las cuatro o cinco de la tarde e invitarían a los medios de prensa. A Vic le gustó la propuesta, pero le dijo que ella hiciera todo: era su evento, que lo organizara como mejor le pareciera.

16.

Fueron catorce las bandas invitadas al Sobe Rocks. Participaron no solo las de South Beach, sino también de varios lugares de la ciudad. El Al Capone abrió esos días de cinco de la tarde a cinco de la mañana. Cabalito tuvo que pararse tras la barra junto a Vic. Pistolas Rosadas cerró las dos noches del festival. La cobertura de prensa estuvo a cargo de la revista *Revólver*.

El lunes, después del festival, Vic le dijo a Andrea que, desde ese día, oficialmente era su Concert and Events Manager y que pensara algo igual de bueno, así de grande como el Sobe Rocks, maybe para dentro de un par de meses. Que no se preocupara, dijo Andrea, armaría algo súper bueno. Pero por favor, que antes le diera unos días de vacaciones. No había parado de trabajar desde que llegó del Perú. Necesitaba "tomar un poco de aire", antes de arrancar con el siguiente festival.

Sexo y drogas, pero sin olvidar el Rock n Roll

REVÓLVER
EDICIONES

Por el Wild Cat

Miami y la buena música tienen una relación hoy ignorada por muchos. En esta ciudad nació el festival Woodstock (Miami Pop Festival), entre las décadas de 1930 y 1950 fue cuna del Soul, y en los 70's, en un warehouse en Hialeah, se ubicó el sello discográfico independiente de *Soul* y *R&B* más grande del mundo: *TK Records*. Y aquí también murió Bob Marley y The Doors tuvo su último gran concierto y fue puerta de entrada a The Beatles en territorio americano. Pero de un tiempo a esta parte, la relación de Miami con la música parece estar más del lado de aquellas canciones de Happy Hour de Brickell, embadurnados en gel y en envoltorios de camisas slim fit. Por eso hay que aplaudir y apoyar iniciativas como la que hemos visto ayer en el Al

Capone de South Beach, con el Sobe Rocks, festival que dialoga con la música de culto y underground, en español, más genuino y honesto de la ciudad. El Line up del Sobe Rocks estuvo nada menos que encabezado por Pistolas Rosadas y tuvo en su repertorio a Los turcos de Malavia, La rubia tarada, Prodan & Co y la lista es larga. La protagonista sobre el escenario, fue sin duda la cantante de Pistolas Rosadas, la chica más pop de South Beach. La interpretación de su hit Lonely Highway, con la cual se cerró el Sobe Rocks, fue una descarga de adrenalina para el agradecido público que se agitaba, cantaba y bailaba en cada nota. Tuve la suerte de intercambiar un par de palabras con la chica más pop de South Beach al cierre del show y a mi pregunta de qué le dejaba como experiencia este festival, respondió "mirá, Miami Beach, o en general Miami, para ser precisos, se ha quedado solo en el Sexo y drogas y se ha olvidado que siempre fue Sexo, drogas y rock n roll. Así que recitales como este son necesarios para rescatar a la buena música y ponerla nuevamente en el lugar que corresponde. Gracias a todos los chicos del Al Capone y que se repita."

Revólver Ediciones es una publicación de escritores y periodistas indocumentados que opera clandestinamente desde Miami Beach.

17.

Andrea compró comida para cocinar todos los días, helados, y rentó las dos primeras temporadas de Lost en Netflix. Ordenaría su clóset, daría una buena limpiada al efficiency, leería las libretas donde había anotado cosas desde que se fue de Lima hasta sus primeros meses en Miami, y le sacaría el jugo a la Macera. No quería hacer nada más. South Beach había perdido el brillo con que la recibió, se había traspapelado entre tantas noches repartiendo flyers, en las que calmaba el sudor pasándose la mano por la frente. Durante una semana prácticamente no se quitó el pijama. Pasaba de la televisión a la cocina y a su colchón, junto a la ventana donde se acostaba, con los ojos cerrados y sin tener en cuenta la hora, a escuchar del otro lado el trajín de las personas contra las aceras, las cadenas de las bicicletas y los motores de los autos. Tanto tiempo hacía que no escuchaba algo tan simple como ese ruido del ir y venir rutinario de la vida. Desde Lima, en sus tardes en blanco en Verona.

El buzón de la correspondencia lo dejó para el final. Antes de meterse en la ducha, se sentó en la cama a abrir los sobres acumulados y a separar los cupones de descuento de Papa John's y Domino's para sus pizzas. Uno de los sobres tenía un grabado medio extraño y decía que el contenido era confidencial. Lo abrió. Homeland Security estaba investigando el estatus de todas las personas que habían ingresado a Estados Unidos en los últimos cinco años. Habían detectado que Andrea ingresó al país el día catorce de abril de dos mil siete y permaneció desde entonces con una visa expirada de turista. Si para cuando leyera esa carta su estatus migratorio había cambiado o se trataba de un error, que, por favor, ignorara esas líneas. Si no, desde el día de la fecha de la carta, tenía treinta días para abandonar el país.

Se quedó mirando un rato las letras en el papel, rozándole los bordes con los dedos, y luego lo puso sobre su mesa de noche.

18.

—Quiero regresar a mi país, my friend —dijo Andrea, sentada—. Ya me saturé de Miami.

—Do you need more vacations? —Vic se sorprendió cuando Andrea le explicó repentinamente que había decidido irse de Miami.

—No, my friend, me voy en dos semanas.

El resto de la tarde Vic y Andrea la pasaron tras la barra sacando cuentas, contando las botellas de vodka, gin, whisky y ron que tenían en inventario y frotando con un trapito los vasos húmedos. Fue todo silencio, sin música como solía ser, con rayones amarillentos que dibujaba sobre el escenario la luz que se filtraba a través de los ventanales que daban a la Washington, e iban cambiando de forma y se empequeñecían hasta desaparecer con el correr de las horas.

19.

Para despedir a Andrea, Vic organizó un concierto con Pistolas Rosadas en el bar. Además de cantar todos sus covers clásicos y su tema Lonely Highway al inicio y al final, Nata cantó una versión de El genio del dub, de Los Fabulosos Cadillacs, en Andrea's version: La genia del dub. A mitad de la canción, Nata se quitó la chaquetita de jean y se la lanzó a Andrea. Debajo llevaba puesta una camiseta con una foto estampada de Andrea, Vic, Cabalito y la banda, que habían tomado en el Sobe Rocks.

Cuando Nata bajó del escenario, Vic, que había estado atrás de la barra toda la noche, preguntó por Andrea: era hora del open bar. Cabalito no sabía dónde estaba y Nata dijo que, desde el tabladillo, la vio ir hacia el baño en la última canción.

Diez, doce, quince minutos, ¿y Andrea...?

Andrea caminaba hacia su efficiency, con las manos en los bolsillos, de espaldas a su última noche en la Washington de mil de estrellas de neón, mirando el chorro ambar que derramaban los postes sobre los carros, las casas y el asfalto de Meridian Avenue, y repasando, otra vez, las imágenes de esa película de cine latinoamericano con buen soundtrack, pero que nunca tiene un final feliz.

Noche de poesía y rosas

Empecé a ir al Ilusiones a los pocos días de quedarme sin empleo. Por siete noventa y nueve servían arroz imperial o masitas de puerco con arroz moro o arroz chino a la cubana y la sopa del día. Llegaba cerca de la una de la tarde —previa parada en el Art Deco Market para comprar los diarios—, hora en que la música de los parlantes incrustados en las esquinas se perdía entre la voz de los comensales y el choque de la porcelana de los platos. Me sentaba en la misma mesa, apartada, junto a una pared donde había apiladas cajas de Tecate, Corona y Heineken.

Al terminar de comer, pedía una taza de café y abría los diarios en la sección Employment. Los leía e iba tomando nota de los trabajos que podían interesarme para llamar o llenar employment applications por internet.

Una tarde entró un tipo nuevo al Ilusiones. Nuevo al menos para mí, pues hasta entonces no lo había visto. El tipo llevaba al hombro un cesto con rosas amarillas, parecía una guitarrita con pies y vestía con chaqueta de tweed. Se acercó al mostrador, golpeteó sobre la fórmica para llamar la atención del mesero y pidió una Tecate. Luego, en una de las mesas, se desparramó en su silla para tomar la cerveza. Estuvo así por media hora, no creo que más. Después se fue. Yo también estaba por irme, me faltaba solo una última revisada. Había marcado algunos clasificados, no muchos. Solo me interesaron tres: la lavandería Full Clean, el grocery store On my way y el courier de envíos a Latinoamérica Pegasus. Quedaban cerca de mi casa, podría ir caminando.

Al día siguiente por la tarde, cuando iba a mitad del café, frente a los clasificados, la guitarrita con pies entró en el Ilusiones. Cesto de rosas amarillas al hombro, misma chaqueta de tweed. Igual que el día anterior, puso los billetes sobre el mostrador, pidió una Tecate y se desparramó en una silla —esta vez de la mesa junto a la mía. Tuve la sensación de que mi presencia lo incomodaba, pues varias veces me miró. En una de esas me dijo: "Hey, a su salud", y alzó la botella y dio un sorbo. Asentí con la cabeza. ¿Algo interesante en los diarios?, dijo. Busco empleo, solo son los clasificados. La chamba, la chamba, pues esta es mi oficina, dijo, y golpeteó el cesto de rosas. Pero bueno, amigo, no le quito más tiempo, siga ahí en lo suyo que ya se me acabó el descanso. Y se levantó, se colgó el cesto y dijo que ahí nos estábamos viendo.

La guitarrita con pies también apareció la tarde siguiente por el Ilusiones. Amigo, dijo al verme y puso su cesto en la mesa de al lado y se acercó al mostrador a comprar su Tecate. Esa vez se sentó, sacó un cuaderno y se puso a hojearlo, parecía concentrado. Apenas alzaba la cara para tomar de su cerveza. Al terminar de pasar las páginas, cerró el cuaderno, estiró las piernas sobre la silla vacía que tenía enfrente y agarró su botella. Le quedaba menos de la mitad. Me preguntó cómo iba con lo mío. Ahí iba, dándole, fácil no estaba la situación. Ah, pues eso sí, y preguntó si yo iba mucho por ahí, que ya me había visto seguido. Le dije que desde hacía unos días. Si me quedaba en mi casa me dormía o me ponía a hacer cualquier otra cosa y necesitaba buscar trabajo. Entonces nos veremos más frecuente, dijo, él trabajaba por esa zona y, últimamente, le gustaba pasar por el Ilusiones para hacer su descanso y tomarse una cervecita.

Y así fue, la guitarrita con pies llegó también al día siguiente al Ilusiones. Pero esa vez fue a buscarme y no se acercó al mostrador.

—¿Muy busy? ¿Puedo robarle unos minutos?

Dejó el cesto de rosas en el suelo y ocupó la silla frente a mí, sacó el mismo cuaderno del día anterior y dijo a ver lea. Las hojas estaban llenas de anotaciones en los márgenes, de frases, de tachones, trazos. Pásele las páginas para que lea lo que viene después. En la siguiente página no había ya frases sueltas sino un poema titulado El puente. Y en las siguientes estaban los poemas Paradoja de la tristeza en los ojos y Hacia la pequeña muerte. Leí uno por uno. Cuando terminé de leer Hacia la pequeña muerte, me cerró el cuaderno. Ya, hasta ahí estuvo bueno, ¿qué le parecen? De esto yo no sé mucho, dije, pero sentía que sus poemas me habían emocionado, sobre todo El puente. Pues qué bueno, se agradece. A propósito, dijo, me llamo Campos, mucho gusto. Martín, respondí, el gusto es mío. Estrechamos manos. Entonces me contó que se ganaba la vida deambulado entre las mesas de los restaurantes de Española Way, con su cesta de rosas amarillas al hombro, al acecho de miradas que lo estuvieran siguiendo para acercarse, recitar un poema y dejar una rosita. Al terminar abría su cuaderno, lo ponía frente al caballero —o caballeros— y pedía, por favor, una colaboracioncita para el poeta que necesitaba alimentarse y que no se le fuera la inspiración. Así todos los días, desde la hora del lunch hasta las once, doce de la noche o una de la madrugada, dependiendo de qué tan bueno estuviera el business.

Los poemas ya se habían vuelto la sobremesa de los restaurantes de Española. ¿Qué es del poeta? ¿A qué hora llega el poeta? ¿Y el poeta?, preguntaban los clientes cuando no lo veían. Harry, el manager de La Tasca, le propuso entonces organizar un show los jueves. Un show de poesía y música a las diez de la noche junto al Catalán, un guitarrista que tocaría en los intermedios. La idea de Harry era que Campos recitara cuatro poemas y que el Catalán tocara tres canciones entre poema y poema. Se llamaría "La noche de poesía y rosas". Al final de cada show, Campos, si quería, podía acercarse a cada mesa a firmar servilletas para que los clientes le dieran un tip.

Campos quería abrir La noche de poesía y rosas con El puente, porque era un poema en honor al círculo literario de Los Arrayanes, que él mismo había fundado en su pueblo Tamaulipas. Lo empezó reunido en bares con un par de amigos, pero habían ido creciendo, se les había unido más gente y eran ya un grupo de poetas y literatos reconocido en su ciudad. Y así aprovechó para seguir hablando de poetas y poesía, y me preguntó por una y otra cosa. Yo no conocía nada de eso, le dije. Ah, pues, ¿y lee? Tampoco, a no ser que sean anuncios clasificados para buscar trabajo.

Híjole, ni modo, traiga para acá, dijo, y señaló al servilletero. En una servilleta anotó: Noche de poesía y rosas, La Tasca, mañana a las diez, será un gusto tenerlo. Le agradecí, doblé la servilleta y la metí en mi billetera. De nada, más bien ahora sí ya me voy, dijo, y se levantó. Caminó hacia la puerta, las manos dentro de los bolsillos de la chaqueta, la cesta al hombro. Volví a mi mesa. Había sido una mala tarde, ni un solo clasificado interesante.

Al día siguiente por la mañana fui a solicitar trabajo a Full Clean, a Pegasus y a On my Way y en ninguno me dieron seguridad de nada. En los dos primeros dijeron que gracias, cualquier cosa me llamarían, y en On my way, que my english was not very fluent. Bien hechas las cuentas, podría, con las justas, sobrevivir dos meses sin ingresos. Iban ya quince días. La tarde la pasé encorvado en una silla del Ilusiones. Al terminar pasé por el Art Deco a comprar un six pack de Heineken. En la fila para pagar saqué mi billetera y encontré la servilleta en la que Campos me invitaba a su presentación a las diez. Recordé su cuaderno, sus frases tachadas, El puente.

Camino a mi casa, por la Washington Avenue, me pareció ver a Campos en la acera del frente entrando a un cyber café. En vez de la chaqueta de tweed, llevaba puesto un saco marrón. Crucé para saludarlo y cuando entré en el cyber no lo vi: quizá se trataba de una confusión y no era Campos, o había subido a una de las computadoras del segundo piso: eso parecía un galpón cibernético.

La noche de poesía y rosas me quedó dando vueltas en la cabeza, así que al llegar a mi casa guardé el six pack en la nevera: si es que me animaba a ir, prefería, mejor, tomar unas cervezas antes. Aproveché lo que quedaba de la tarde para sentarme en la computadora a revisar si tenía respuesta a alguna de las solicitudes de trabajo que había hecho online. Pero nada, las mismas respuestas enviadas desde un autoreply: hemos recibido su información; gracias por su interés en nosotros; lo contactaremos a la brevedad. A las ocho seguía entusiasmado con la idea de ir a La noche de poesía y rosas. Saqué una cerveza, volví a la computadora y me puse a llenar una nueva solicitud. Muchas me resultaban interminables. Esa vez tardé más de hora y media en llenar dos.

Ya habría tiempo para más, pensé, cuando faltaban apenas veinte minutos para las diez y ya era hora de ir hacia Española Way.

Cerca de la puerta de la Tasca estaba Campos con el saco marrón con el que, efectivamente, lo había visto por la tarde —aunque no se lo dije—. Lo acompañaba un sujeto de cabello color azabache, alisado hacia atrás, vestido de negro, excepto por los zapatos de gamuza roja. ¡Hey, amigo, venga, venga!, alzó la voz Campos. Bienvenido a La noche de poesía y rosas. Qué bueno tenerlo por acá, Martín. Mire, le presento a mi camarada el Catalán. Un placer, Martín. Un placer, Catalán. Bueno, bueno, dijo Campos, una balita más antes de entrar, y sacó del bolsillo de su saco una botellita de Bacardí rubio. Dio un sorbo y se la entregó al Catalán. El Catalán hizo lo mismo, me la dio y dijo mátala macho.

Sobre la atmósfera de La Tasca flotaban gotitas de color miel de los faroles que colgaban del techo. En las mesas, frente a cada invitado, había una rosa amarilla y una copa. En el tabladillo, al centro, un micrófono, una silla, y en el suelo una guitarra. Ni bien Campos se paró ante el público, todos se levantaron para aplaudirlo. Un hombre se acercó al micrófono. Se presentó como Harry, agradeció a todos su presencia, explicó en qué consistiría el show, y sin más más preámbulo, dijo que era hora de empezar a disfrutar de los versos del poeta Campos y la magia de los dedos en la guitarra del Catalán.

Campos saludó, agradeció la asistencia. Empezaría con El puente, poema dedicado a Tamaulipas y al círculo literario Los Arrayanes. Durante unos minutos no se sintió un murmullo, un choque de vasos, un ruido de sillas; solo la voz de Campos detrás de los versos de El puente, sus ojos cerrados, sus puños a la altura del vientre. Cuando terminó, los aplausos rompieron el silencio, pero él pidió que por favor los aplausos para después, necesitaba el silencio para seguir recitando. Siguió con Paradoja de la tristeza en los ojos, y después vino el intermedio. El público se puso de pie para aplaudir, incluido yo. El Catalán, que había estado con Harry a un lado, se sentó en la silla, se colgó la guitarra, acomodó el micrófono, dijo hola, ¿les vendría bien un sabinazo? y empezó a tocar La Magdalena. Campos y yo no tuvimos oportunidad de hablar: él estuvo con Harry y con los clientes y yo no me moví de mi sitio. El Catalán cerró el intermedio con Barbie Superstar y Campos volvió al tabladillo. Otra vez su voz tras los versos, los ojos cerrados, sus puños en el vientre. Solo recitó un poema y le cedió el turno al Catalán.

Igual que en el intermedio anterior, Campos lo pasó con Harry y con los clientes. Con el cuarto poema, Campos terminó su parte en el show y el Catalán se quedó un rato más con la guitarra. Luego de que Campos terminara de firmar servilletas, me acerqué a felicitarlo. Me pareció fabuloso, le dije, y él dijo que se había emocionado mucho, se había sentido como en Tamaulipas, pero no pudimos hablar más porque Harry lo llamó. Amigo, discúlpeme, dijo Campos. Tranquilo, no te preocupes. ¿Vas mañana al Ilusiones? Sí, sí, dijo, ahí lo veo. Terminé de escuchar al Catalán, que cantaba Penélope, de Serrat, y me fui.

A la mañana siguiente me despertó la llamada de un tal David, del courier Pegasus. Tenía algo para mí, pero debía ir en ese momento a hablar con él y salí para allá. David me recibió en el Front Desk. ¿Tú eres Martín? Sí. Nice to meet you, man, ven conmigo. Fuimos a la trastienda, un espacio repleto de cajas, con olor a cartón y un mapa de Latinoamérica de color pálido pegado a la pared. Mi trabajo sería de Package Verificator. Cada paquete que él recibiera en el Front Desk, lo llevaría a la trastienda; ahí yo debía verificar que estuviera sellado con tape, escribirle OK en una esquinita de la caja con plumón negro y colocarlo en el Outgoing Mail.

Los primeros días en la trastienda, sentado frente a cajas, se me hicieron eternos. Repasaba y repasaba, en el mapa, todos los países de América Latina y sus capitales. El único contacto que tenía con otra persona era cuando David entraba con paquetes y decía here you have more. El cartón de los paquetes calentaba el ambiente, me deslizaban gotas de sudor por el cuerpo. Estuve a punto de renunciar, pero me compré un ipod y un ventilador, pedí permiso a David para sacar el mapa y las horas se hicieron más llevaderas.

Pasado un mes de trabajo cobré mi primer sueldo y fui a La Tasca para saludar a Campos. Al llegar me encontré con un local apagado, muerto. En la puerta un anuncio decía que había sido clausurada por regulaciones federales. Crucé la pista y me acerqué a la anfitriona de uno de los bares del frente; le pregunté si sabía qué había pasado. Se los llevaron a todos, dijo. Una de las noches de poesía, se estacionaron un par de camionetas blancas a la mitad de la calle y se bajaron varios manes uniformados; eran de la migra. Entraron a La Tasca y empezaron a sacarlos a todos y a llenar las camionetas.

Le pregunté si se habían llevado al poeta. Ella no trabajó ese día, no había visto a quiénes se habían llevado. Sabía, sí, que habían cargado prácticamente a todos los meseros, cocineros, gente del público, e incluso al manager Harry. Pero acá también se pasa bueno, ¿por qué no entra?, hoy tenemos especial de Budweiser y Miller a dos por uno. No, gracias; la verdad andaba buscando al poeta. Qué pesar, ¿eran amigos? Nos conocíamos. Ah, ok, pues sí, qué pesar, y lo llena que andaba La Tasca en las noches de poesía. ¿Se estaba llenando mucho? Uy, full, había hasta gente que se quedaba sin entrar. Bueno, si te enteras de algo más y me ves por acá en estos días, me cuentas. Seguro, amigo. Vea, llévese un flyer de nuestros especiales para cuando se anime.

Sentado en el suelo de mi cuarto, recostado contra la cama, tomando unas Heineken, busqué en internet las noticias de algunos días atrás en South Beach. El jueves veintiséis de agosto, aproximadamente a las 10:30 de la noche, un operativo de la policía local y Homeland Security había allanado la esquina de Española Way y Washington Avenue.

A partir del día siguiente, al salir de Pegasus, fui a comer al Ilusiones varias veces, caminé la Washington Avenue, entré en el cyber y hasta subí al segundo piso, y pasé por todos los bares y restaurantes de Española a ver si me cruzaba con Campos, pero nada, todo hacía parecer que también lo habían subido a las camionetas blancas...

Me ofrecieron trabajar overtime en Pegasus y acepté: necesitaba dinero para matricularme en clases de inglés si quería salir de esa trastienda calenturienta algún día. Trabajaba shifts desde las ocho de la mañana, hasta las nueve o diez de la noche; solo me quedaba tiempo para llegar a mi casa, ducharme y dejarme caer en la cama. Eso era así cuando se acercaban los Holidays, decía David, candela, hermano, candela pura, y entre tantos y tantos paquetes me dejó para despachar uno que saldría hacia Tamaulipas, remitido por Elías Navarro, desde una dirección de Miami Beach. Era la primera vez, desde que Campos había desaparecido, que me topaba con el nombre de su ciudad. Leí y releí la dirección de destino y por mi cabeza desfilaron imágenes de Campos con su chaqueta de tweed, su cesta, su cuaderno, La noche de poesía y rosas, el Ilusiones. El paquete estaba bien sellado, así que escribí OK y lo dejé en la bandeja de salida.

La casa desaparecida

A Carlos, mi primo

Yo tengo la fe
de que voy a seguir
no me voy a dejar

Andrés Dulude

— Hágale, parce, hágale, insistía Clarita. Pero a mí, celebrar navidad en la cocina del Thai-Thai, con compañeros de trabajo, no me entusiasmaba. Ella había recibido una navidad en Miami sola, comiendo chicken quesadillas y tomando Pepsi sin gas en un Taco Bell de la Coral Way. No tenía hambre, solo quería llenarse la barriga y que pasara el rato para ir a dormir, pero los minutos parecían haberse estancado, pegado unos a otros, como el moho. Cuando se cansó de revolver la soda con el pitillo y golpetear los cubitos de hielo, se levantó. Tenía las yemas de los dedos húmedas por el deshielo en el cartón azul del vaso. Se secó en los pantalones. En la mesa quedó la comida, intacta. Pasarla solo, decía, era muy tenaz. Muy maluco.

Clarita era la mano derecha de la dueña del Thai-Thai: tenía las llaves, cualquier complaint de los customers era con ella y al cierre sacaba cuentas del dinero facturado. A Jairo, el Consorte y el Pana les decían los piratas, porque sus uniformes eran negros, se cubrían la cabeza con pañoletas del mismo color y llevaban sus cuchillos en la cintura. La cocina estaba repartida entre los piratas. Y lo mío era limpiar las pocetas, los lavamanos de los baños, botar la basura al contenedor verde del alleyway y mopear el piso con desinfectante de aroma a lavanda.

La noche del veintitrés de diciembre, cuando salí del Thai-Thai, Clarita me esperaba dando caladas a un Marlboro. Propuso ir al Normandy, los piratas estaban ahí. Me veía desanimado, a lo mejor unos drinks me pondrían pilas, sería breve, había que guardarse para la noche siguiente. Yo no daba un paso, me dolía la espalda, un plato de Red Curry Chiken se había caído sobre el tapete marrón del restaurante y debí agacharme con un trapito remojado en desinfectante de lavanda, hasta desaparecer la mancha que parecía un vómito.

—Fresco, parce, pero no nos embarque mañana.

Caminamos hacia la Miracle Mile y ahí cada quien siguió su rumbo. La Miracle era una pequeña arteria con árboles iluminados por lucecitas amarillas, verdes y rojas, cafecitos franceses con renos y elfos colgados en las ventanas, gelaterías con dependientes que llevaban sombreritos de santa y peatones perfumados, peinados y vestidos como si hubieran escapado de un catálogo de Ralph Lauren. Era una alegría breve caminar por allí. Pero esa alegría se iba ni bien llegaba a la esquina con Douglas Rd, al vecindario de efficiencies en los que los Happy Holidays no eran tan happy. En esos efficiencies, donde apenas cabía una cama, vivíamos Clarita, los piratas, yo y todos los que alzábamos platos y azafates a cambio de tips para llegar a fin de mes. Lo único que tenía vida en la zona era el Coin Laundry, que impregnaba la cuadra con su olor a Tide, y unos cuantos pasos más allá el Varadero Market, donde compraba mis long distance cards para llamar a Lima y mis twelve pack de Miller's. Sonia, la dependienta, me había recomendado la tarjeta "Con yapa", porque daba más minutos que cualquier otra.

Mi primo Renato me había llevado en su Toyota al aeropuerto para que tomara el vuelo a Miami. El aeropuerto era mi salida de emergencia. Ya no había nada que hacer: la casa tenía fecha para el remate judicial. El último escrito que recibimos ordenaba el desalojo. La notificación no era más que de dos líneas. Abajo, la firma del juez. También su sello. Mi mamá se fue donde su hermana y yo a la Campiña (así le decíamos a la casa de mis abuelos) a organizar mi viaje. Quería largarme de Lima lo antes posible.

En un semáforo, Renato bajó el volumen de la radio. Dijo que no sabía si él en mi lugar se iría, aunque entendía perfectamente, y volvió a subirlo. Lo único que yo tenía claro en ese momento era que necesitaba distanciarme. Los días previos a mi partida no tenían forma, no empezaban, no terminaban, eran mezclas difusas de rostros, de lugares, de olores. No recordaba el momento en que empaqué. Caí en cuenta de mi maleta en Miami, cuando ya no tuve más ropa que sacar de ella y la acomodé debajo de mi cama.

En la terminal aérea Renato sacó del bolsillo de su chaqueta un ejemplar pequeño de Mala Onda, de Alberto Fuguet, para que no me aburriera en el avión. Mala Onda era una de sus lecturas favoritas, pero dijo que ojalá no me pasara lo que le pasaba al personaje principal cuando volvía a su país después de vivir un tiempo en el extranjero. En el gate nos dimos un abrazo fuerte.

Mi mamá se fue de la casa con mi tía. Yo le cargué su maletincito azul, que le regalaron en una tienda de electrodomésticos por comprar una Trinitron de 32 pulgadas, y se lo puse sobre las piernas cuando ya estuvo sentada en el lugar del copiloto. Le di un beso. Me acarició la mano. Cerré la puerta y seguí con la mirada a la camioneta blanca hasta que, dos cuadras más allá, dobló. Ahí se fue mi mamá. Así. De esa manera. No le interesaba llevarse nada, si querían la casa que vieran qué maldita sea hacer con lo de adentro. Hasta el final mi tía dijo que debía irme con ellas, ahí tenía un cuarto vacío que podría ocupar. Mi mamá decía lo mismo. A mí no me daba la gana.

En mi efficiency tomé un par de Tylenol a ver si me quitaban el dolor de espalda y me duché para sacarme el olor a curry. Me lavé los dientes. Me acosté. No pude conciliar el sueño. Serví un vaso con agua, oriné, volví a la cama. Mis ojos se deslizaban entre el cuarzo de los números del reloj que tenía en la mesa de noche y la hélice del ventilador del techo. Estuve a punto de llamar a Clarita para ver si seguía en el bar con los piratas y darles el alcance, pero no lo hice, la espalda aún me molestaba. Estuve a punto de zamparme el frasco entero de Tylenol, pero tampoco lo hice. El cansancio me venció a las cuatro y treintaisiete.

Al día siguiente desperté cerca de la una. Por suerte sin dolor. Pasé canales en la tele hasta que me dio hambre, me lavé la cara y salí al Normandy a aprovechar el Waiter's Night y sus tragos a dos por uno para los cocineros, meseros y bus boys de la zona. Ya le había agarrado el gusto a sentarme en esa barra con una Miller's, una cheeseburger o unas alitas a intentar entender el football americano que transmitían en los televisores que colgaban de las paredes. Clarita no se perdía un solo Waiter's. Se pasa rico, decía. Ahí solíamos encontrarnos. Los piratas también eran habituales, sobre todo el Pana, que tampoco se perdía una.

—Was'up —saludó Jessy, la bartender. Llevaba un sombrerito de santa, igual que los dependientes de las gelaterías en la Miracle.

—Bien —respondí, inclinándome hacia adelante para que me escuchara porque la música sonaba muy alto.

—Your crew was here last night. Didn't see you.

—Yeap. Estaba cansado.

—Wings or cheese?

—Ten wings y one Miller's.

—Mild?

—Sí.

La clientela del Normandy se limitaba a un par de cristianos acodados en la barra, uno con un vaso de cerveza, digamos que a la mitad, y el otro chupando los huesos de unas wings.

En Lima pasábamos navidad en la Campiña. La última vez recibí las doce afuera, sentado sobre el capó del Toyota de Renato, escuchando un disco de Frágil que sonaba en el Pioneer. Renato abrió las puertas cuando empezó Esto es iluminación, esa era una de las mejores canciones de la banda según él y nadie le paraba bola. Comenté que había dado una vuelta por el juzgado y ni el juez ni su secretario me recibieron. Los meses estaban contados, por eso ya no me daban razón. A esas alturas eran en vano las vueltas por el juzgado. Yo lo sabía. Mi mamá lo sabía. Mi tía lo sabía. Renato lo sabía, pero dijo que seguro no me habían recibido porque los jueces estaban en sus polladas de fin de año. Caminé tres horas desde el centro de Lima hasta mi casa, el cielo ceniciento, como de costumbre envolvía a la ciudad en un manto de melancolía. No volví a aparecer más por el juzgado, solo quedaba esperar por la sentencia.

Jessy se acercó a cambiarme la botella vacía y le pedí que mejor me cobrara.

En el recibo que me trajo había un dibujito con lapicero de una carita feliz diciendo HO-HO-HO, Happy Holidays.

—¿Hasta qué hora abren? —pregunté mientras firmaba el recibo.

—¿Ten? ¿Eleven? It's up to the manager.

Nos deseamos feliz navidad y me fui.

Mi celular tenía dos mensajes de Clarita. El primero de hacía bastante rato, para saber si ya estaba ready para la rumba. El segundo de quince minutos atrás, que salía hacia el Thai-Thai, estaría con los piratas, que fuera cuando quisiera.

Al llegar a mi efficiency saqué la maleta de abajo de la cama. La abrí. Olía a Lima. ¿Cómo es el olor a Lima? No lo sé, el olor a Lima es el olor a Lima. En ella guardaba un rosario de mi abuela con aroma a pétalo de rosa, una boina color aceituna de mi abuelo, Mala Onda y un CD de Frágil. Además, guardaba la orden del remate judicial. Quería escuchar Frágil, puse el CD y me metí en la ducha. Programé en repeat Esto es iluminación, La del brazo e Inquietudes.

Dejé la maleta abierta, en el suelo junto a mi cama y salí al Thai-Thai, quería que el olor siguiera cuando regresara de la fiesta. A veces, después de hablar por teléfono con mi mamá o Renato, caminaba al Varadero, compraba un twelve de Miller's, lo tomaba escuchando Frágil, abría la maleta y la dejaba junto a mi cama hasta el día siguiente.

En el alleyway del Thai-Thai estaban Clarita, el Consorte y Jairo, junto al contenedor verde de basura. Encima de unas sillas había unos platos con panes de bono y empanadas. En el suelo, un arbolito de navidad con un circuito de luces que titilaban y un equipo de música de donde salía la voz de Shakira cantando "baila en la calle de noche, baila en la calle de día". El Pana salió de la cocina con un six pack de Heineken y destapó una botella para cada uno. Ellos no me habían visto, así que me quedé unos minutos ahí. Clarita llevaba su camiseta de la selección colombiana, sombrero volteado, el jean con agujeros deshilachados en las nalgas, tacones. Jairo camisa negra y corbata blanca, el Consorte una morada de mangas cortas y corbata negra y el Pana una de la cara de Hugo Chávez con peluca rubia y los labios pintados.

Chocaron sus botellas.

Jairo abrazó por la cadera a Clarita, la jaló hacia él y ella le meneó el trasero en la entrepierna.

El Pana aplaudía.

No estaba ready para la rumba. Saqué mi celular y le escribí un text a Clarita, pidiendo que me disculpara, me metería en mi cama, el dolor de espalda me mataba.

—Parcerito ? —respondió.

Evité la breve alegría de la Miracle y caminé por calles aledañas.

Del otro lado de la Douglas era un miércoles cualquiera. Entré en el Varadero, por la hilera de las tarjetas navideñas y el papel de regalo. Abrí una tarjeta decorada con un pino y un snowman. Adentro decía You are blessed. This has been your best year. La cerré y los dedos me quedaron con la escarcha verde y dorada del pino. De la heladera saqué un twelve de Miller's.

—¿Una "Con yapa"? —preguntó Sonia en la caja.

—No. Hoy no. Gracias –y le entregué un billete de veinte.

—Buenas noches.

—Igual —dije, arrugué los billetes del cambio y los metí en mi bolsillo y agarré las cervezas.

En el Coin Laundry una mujer mayor, gorda, en bata y chancletas, tenía los ojos extraviados en el ciclo circular de la secadora, con su cesta de ropa vacía entre los pies.

—Felices crismas, papo —escuché a mis espaldas, cuando pasé cerca de ella.

No respondí nada, solo alcé la mano. Necesitaba llegar a mi efficiency de mierda, acomodarme en el suelo junto a la maleta, destapar una Miller's y darle otra vez play al CD de Frágil.

Camagüey

Hubo una época en que Clarita y yo pasábamos las tardes de los lunes frente a las lavadoras y secadoras del Coin Laundry y siempre nos topábamos con Solís, un peruano que llevaba su ropa sucia en una mochilita. No nos tomó mucho tiempo hacernos amigos.

Saliendo íbamos al Dennys de la Miracle Mile y nos sentábamos en la última de las mesas junto al ventanal que daba a la calle, desde donde se veía a la gente linda que suele pasar por ahí y las tiendas donde venden trajes para aquellas mujeres que sueñan con el príncipe azul al pie del altar. En una de esas ocasiones, mientras Clarita comía un Philly Cheese Steak, Solís, apurando lo que le quedaba en el plato, dijo que tenía una cita. Clarita y yo nos reímos, qué clase de cita sería a esa hora. No, no era lo que pensábamos, aclaró Solís, y sacó un billete de veinte de su bolsillo. El cambio lo dejaba para tip. No nos podía contar más, se "le salaba el plan". Si le iba bien, el siguiente lunes nos contaría. Se colgó al hombro su pequeña mochila con ropa limpia y se despidió. Y Clarita y yo compartimos un brownie con helado de vainilla y salimos con nuestras cestas de ropa limpia. Los dos vivíamos en los bloques grises de efficiencies del otro lado de la Douglas Rd, muy cerca del Coin Laundry y del Varadero Supermarket.

—Tan charro el Solís con su cita, en qué andará.

—A lo mejor buscando trabajo. La vez pasada estaba quejándose que estaba jodido el suyo.

—¿En qué trabaja el man?

—Construcción. Acá no más, en las Giralda Towers.

Cuando llegamos al primer bloque gris de efficiencies, Clarita se despidió, se quedaba en esas ratas, dijo. ¿Ratas? Sí parce, ratas, estos cuartuchos son del color de las ratas. Yo seguí hacia el Varadero Market: necesitaba comprar leche, café, botellas de agua y tostadas para la semana.

La cita de Solís fue en el billar Camagüey, en la Calle 8. Lo habían retado a unas apuestas y se ganó ochenta dólares. Solís nos contó que había pasado años de su juventud en Lima, encerrado en los billares del centro. Y en Miami no había encontrado quién le ganara una mesa. Se las llevaba facilito. También jugaba billar, pero no le gustaba tanto. Además, en Miami no sabía dónde jugarlo. Incluso las billas eran un poco diferentes de las de su país, los huecos de las mesas eran más grandes. ¿Tú juegas?, me preguntó. Le dije que no, que lo típico, en algún sports bar, con unas cervezas, pero nada más. Ese lunes Solís no se apuntó para ir a comer, debía ir al Camagüey temprano. Un tal Judas, que era intocable en el billar, lo había retado al enterarse de que Solís llevaba cinco semanas invicto.

—Qué tal el Solís. Cómo le estará yendo.

—¿Pues no dice el man que es un duro?

—Sí, pero no deja de darme curiosidad.

Nos despedimos al llegar a las ratas, y como de costumbre yo seguí al Varadero a comprar leche y agua para la semana, y también un six pack de Heineken.

Tal cual los cagones que llegaban con aires de tiburón a los billares de Lima era Judas, puro bla bla bla. Solís le limpió dos mesas sin problema. Y cuando metió la última bola, Judas tiró el taco al suelo y dijo que lo retaba para el próximo lunes, no había podido concentrarse bien y apostarían tres mesas de a cincuenta mangos cada una. Acostumbraban apostar de veinte en veinte, pero Judas le dijo que apostarían de cincuenta. Así que hoy tampoco nos acompañarás al Dennys parce, dijo Clarita. No, ni hablar, contestó Solís, y de hecho me pidió que fuera con él. Ni Solís ni yo teníamos mucha ropa por lavar, así que nuestra estancia fue breve. Nos despedimos de Clarita, que se ofreció a guardarme la cesta con ropa limpia y a Solís le deseó suerte.

Bajamos al Camagüey por la Douglas. Solís, con la mochila al hombro, hacía memoria de cuando se escapaba del colegio y se escondía en algún billar. Siempre uno diferente para no llamar la atención, era menor de edad, no quería que lo fueran a joder los tombos. Aunque tenía uno preferido, el Palacio, así se llamaba. Allí hizo amigos y las apuestas que se armaban eran bravas. Tuvo que volverse billarista a la fuerza, porque los mayores lo obligaban a jugar apostando y le quitaban todo su billete. Si se hacía el muy machito, le sacaban su puta madre a golpes. El día entero practicaba carambolas y tiros de banda, eran clave. Ah, y el golpe, el golpe debía siempre ser finito, esos que reventaban las bolas con fuerza para impresionar eran los peores.

El Camagüey parecía un warehouse, sin ventanas, con mesas de billas una junto a otra y bancas rojas como tribunas empotradas en la pared. Fuma el barco, fuma el barco, sonaba en la radio de encima de un mostrador de fórmica amarilla y un cenicero donde se amontonaban colillas y chicles masticados. El dependiente, al ver a Solís, hizo un arqueo de cejas y le dijo que Judas aún no llegaba. La cita era en la mesa dos y el billar cerraría para que pudieran jugar tranquilos. "Así se hacía cuando había eventos privados". Solís le pidió dos latas de Heineken, las bolas y un taco para ir calentando.

Solís se tomaba su tiempo para apuntar, daba golpes finos que provocaban efectos a la blanca y salía picando hacia un lado o hacia el otro. Sorbía de su cerveza. Frotaba la cabecita del taco en el cubito azul de tiza como si estuviera acariciando a un niño o alguien muy frágil.

Judas apareció con una camiseta de Cristiano Ronaldo. Lo acompañaban un par sujetos vestidos con camisetas del Barça y la Juve. Le preguntó a Solís si ya estaba listo. Perdiste la última, así que tú abres, dijo Solís y tomó lo que le quedaba en la lata de

Heineken. El del Barça sacó tres billetes de cincuenta y los metió en uno de los agujeros de la mesa. Solís hizo lo mismo. El que gana tres mesas, dijo Judas, se lleva todo lo que ha puesto ahí adentro Luisito.

Los uniformados se sentaron en la banca roja y el de la Juve trajo latas de Heineken. Ya no había nadie en el Camagüey y el dependiente había apagado la música.

A Judas le tocaron las rayadas. Metió cuatro seguidas, y Solís, en dos rondas, ninguna. Ambos se concentraban para apuntar. Cuando uno lo hacía, el otro lo miraba fijamente. Lo único que se escuchaba en el Camagüey era el golpe seco del taco con la blanca y el de las bolas entre sí. Después Judas volvió a meter dos más, pero Solís repuntó y ganó, aunque la mesa se disputó en la última bola para ambos. Las siguientes fueron fáciles para Solís, en pocos minutos Judas estuvo liquidado. Mientras Solís se disponía a sacar los billetes de la buchaca, Judas le golpeó la espalda con el taco. Traté de intervenir y el del Barça me amenazó agitando una navaja. Los otros tenían a Solís en el ojo de un huracán de puños y patadas en el suelo. Vete a la concha de tu madre, gritaba el del Barça, y agitaba más y más su navaja y yo retrocedía. Vete, concha de tu madre. Solís recibía golpes y el suelo se teñía cada vez más de rojo, con la sangre que le chorreaba desde la cabeza, la nariz, los pómulos.

—Oiga mierda, usted no oyó bien lo que le dijo Luisito o qué —gritó el dependiente y se levantó de su banco mirando hacia el del Barça—. Mueva ese culo, coño, lárguese. O quiere que le pase lo mismo que al comepinga que está tirado en el piso.

Apuré el paso hacia la salida. Mucho cuidado en llamar a la policía, hijue puta, escuché a mis espaldas y quité el cerrojo de la puerta y corrí. Corrí lo más rápido que pude entre los moteles de la Calle 8 hasta la Douglas y ahí me aseguré que nadie me siguiera y le marqué a Clarita. Timbró varias veces. Estaba en su efficiency, haciendo oficio, por eso no escuchó el cel.

—Cómo les fue, parce.

—Voy a tu casa.

Clarita estaba en pijamas, escuchando vallenatos de Diomedes Díaz y tomando guaro de una botella de Antioqueño. Casi terminaba de aspirar y seguía con la ropa, se le había ido la hora porque se quedó en skype con su mamá. Sobre su cama se acumulaban las prendas blancas a un lado y las de color a otro.

En el suelo su caja de Tide, su cesta vacía y la mía con lo poco que lavé por la tarde. Le conté lo que acababa de suceder y apagó la música. Ni ella ni yo teníamos el teléfono de Solís ni sabíamos dónde vivía, ni si tenía familia o estaba solo. Nada de nada. Ay parce, qué cosa tan horrible, pero cálmese que no podemos hacer mucho. Me dio una botella de Zypherhills y luego preparó café y calentó panes de bono y tequeños. Ella se sirvió un guaro. Yo no tenía mucha hambre, pero nos sentamos en el suelo y comí lo que pude. Luego ella terminó de doblar su ropa y me animó a tomar un par de guaros para relajarme. Los guaros no fueron un par, fueron varios, y con canciones de Diomedes Díaz sonando una y otra vez. Venga parce, hágase para acá, dijo Clarita y se puso de pie y me tomó de la cintura. Mire, vea para bajo y sígame los pasos, solo sígame los pasos que van al ritmo de la música. Meses que no se echaba unos vallenaticos, dijo. Me fui tarde de su efficiency, cerca de la una de la mañana, con sabor a anís en la boca por tanto guaro. En el camino no pude sacarme de la cabeza al mal nacido de Luisito, su navaja, a Judas, al de la Juve, a Solís en el suelo tiñendo todo de rojo.

Solís no volvió a aparecer por el Coin Laundry ni por las Giralda Towers, nos lo dijo uno de sus compañeros cuando pasamos a preguntar por él.

Clarita tuvo la idea de ir al Camagüey a ver si lo encontrábamos por allí. Yo me quedaba afuera y ella entraba. Me pareció una locura, no quería ni asomar por ese antro, pero finalmente lo terminamos haciendo. Dimos una vuelta como a la misma hora que fui con Solís y me paré del otro lado de la calle, en una ventanita a tomar café cubano. Clarita entró con la excusa de pedir el baño. Tardó diez o doce minutos en volver, que me parecieron eternos. Cruzó y me dijo que el dependiente de atrás de la barra de fórmica amarilla, le indicó amablemente cómo llegar a los restrooms, pero que no se tardara, le pidió, en breve cerrarían porque tenían un evento privado. El billar estaba casi vacío, según pudo ver Clarita, excepto por unos manes vestidos con camisetas de fútbol que tomaban latas de Heineken apoyados en una de las mesas.

Clarita pidió un cortado en la ventanita y una croqueta de jamón y decidimos esperar para ver de qué se trataba ese evento privado. Al cabo de unos minutos, un sujeto algo mayor que yo, diría que como Solís, entró en el Camagüey y pude advertir la figura del dependiente acercándose a cerrar la puerta. En ese momento, las lucecitas azules que decían *Closed* empezaron a titilar.

Los horarios de Clarita cambiaron cuando consiguió trabajo en un telemarketing y dejamos de ir al Coin y de vernos. A veces nos comunicábamos por text messages, de manera esporádica, pero nunca nos poníamos de acuerdo. Ya ni mencionábamos a Solís, aunque una tarde me timbró el teléfono y era ella, que no me dio siquiera opción a saludarla. Solo me preguntó si estaba frente a un televisor y le dije que sí, que estaba friéndome unos huevos en mi efficiency. Enciéndalo, parce, enciéndalo y ponga Telemundo, luego me llama. En la pantalla aparecía un policía, el Officer Malabrigo, declarando frente al micrófono de un reportero. Por fin, explicaba Malabrigo, habían logrado desmantelar una red de delincuentes que operaba desde el billar Camagüey. Su líder era un sujeto apodado como Judas, y enseguida ponían su foto junto a la de los otros integrantes de la banda: Luisito, el de la Juve y el dependiente. Entre sus víctimas, que también identificaban con foto, se encontraba Lucho Solís, de nacionalidad peruana, cuyo cuerpo se encontró meses atrás en uno de los contenedores verdes de basura del Winn Dixie de la Coral Way y fue ese hallazgo lo que llevó a la policía a abrir el caso y la investigación. Nadie había reclamado el cuerpo de Solís. Nadie se interesó por él. Y la policía no le encontró ningún pariente ni vínculo cercano y sus restos fueron incinerados y arrojados en una fosa común.

La remerita de los conciertos

Lo último que me llevé del efficiency fueron los discos de Calamaro y me mudé al hostal Bikini. Esa tarde llovía mucho.

Durante el tiempo en que Joe, el manager de Pizzas by the Slice, no estuvo al tanto de que andábamos juntos, no hubo problema, aunque ni bien lo supo me asignó el day shift con días off lunes y martes, y a Karina el night shift con off miércoles y jueves. Hasta entonces la pasamos bien. Incluso muy bien. Laburábamos de día y teníamos libre los miércoles y jueves. Los miércoles dormíamos hasta las doce, luego hacíamos el laundry y después íbamos a Publix, y entre las bolsas traíamos una entraña o un vacío, y sacábamos la parrillita al área de la lavandería con una botella de Trapiche y nuestras sillas plegables. Los jueves, en cambio, pedíamos Domino's o algún delivery y veíamos películas y colábamos café y ella ponía música de Calamaro. Karina no había podido volver a su país y una de las pocas cosas que le quedaban de recuerdo era la remerita de Boca que usaba para ir a los recitales del Andrelo. Yo tampoco había vuelto al mío. Ninguno de los dos tenía papeles. Las tazas de café se nos iban entre Marlboros y fantaseando con el día en que los tuviéramos.

Podríamos estudiar algo.

Comprar un auto.

Viajar a nuestros países.

Lo que hacen las personas normales, boludo.

Eso duró unos meses. Siete u ocho, nomás. Luego, en un par, todo se jodió por los cambios de horarios. Entonces nos dejábamos notas pegadas en la nevera, con la lista de Publix o encargos para el laundry, con happy faces al final. Esto duró unas semanas. Dos o tres, tampoco más. Después se terminaron los happy faces al final de las notas. Y después se acabaron las notas. Y después casi no nos veíamos. Y si nos veíamos yo estaba cansado porque acababa de salir de la pizzería. O ella reclamaba para que apagara la luz, intentaba conciliar el sueño. En mis días libres intenté buscar otro trabajo que cuadrara con los horarios, pero no tuve suerte.

Del Bikini me fui cuando cobré mi último pay check en By the Slice. Quería alejarme de Miami Beach y fui a parar a un efficiency a la Coral Way, cerca de la Miracle Mile, y conseguí trabajo en el valet parking del bakery Capriccio, y aunque el chalequito aterciopelado negro del uniforme era sofocante, no estaba mal: era de diez de la mañana a ocho de la noche y los clientes dejaban buenos tips. Los otros dos valet eran un par de roommates, conocidos como los peruchos, que cada vez que llegaban se anunciaban desde la esquina cantando "O le, le, O la, la, llegaron los peruchos, qué chucha va a pasar". Los peruchos no tardaron en invitarme al bar Normandy a tomar cervezas los miércoles, al Waiter's Night, la noche donde los meseros, bus boys, cocineros y valets de la zona, teníamos special discounts. Lo de Karina me tenía desanimado, no supe más de ella desde que nos separamos, y aunque esa era la idea, estuve por marcar su número más de una vez, aunque me contuve. A los peruchos no les dije esto: les dije que debía organizarme antes de gastar lo poco que me quedaba tras la mudanza.

Mi rutina al salir del bakery era trotar en el Phillips Park, y luego, en el efficiency, preparar un sándwich de pavo o una ensalada de atún con tomate y acostarme a ver Netflix. Estaba haciendo un ciclo de películas por actor, y empecé con Al Pacino. Cuando no tenía muchas ganas de encender la tele, ponía algún disco. Y por lo general era alguno de Calamaro. Y era inevitable Calamaro sin volver a Karina. Antes de conocerla no era muy aficionado a su música; me resultaban familiares sus canciones Flaca, Loco, el Salmón, nada más.

Al Waiter's Night fui al segundo mes. Los peruchos, además, invitaban a su amiga Clarita, y ordenábamos dos buckets de diez Miller's, con un side de wings cada uno y armábamos la noche. Los peruchos eran expertos en pedir wings: only drums, medium sauce, con ranch, blue cheese y celery. Cerca de las once ya no cabía una persona más en la barra del Normandy. Resultó que Clarita y yo vivíamos en el mismo bloque de efficiencies al cruzar la Douglas. En las ratas. ¿Las ratas? Sí, parce, son del color de las ratas. Así que regresábamos juntos. En una ocasión Clarita me comentó sobre su curiosidad por vivir en la playa, siempre quiso irse para allá, aún no lo descartaba. A mí, le dije, me encantó. Me encantó la playa y la extrañaba. ¿Y si tanto me gustó y tanto la extrañaba, parce, por qué me había ido? Le conté de Karina, tema que fue largo y seguimos la charla en mi efficiency, con Bacardí, Coca Cola, hielos y limón.

—Oiga, parce, conmigo sí no se complique —dijo Clarita, camino al baño, con su tanga violeta que se le perdía las nalgas, después de ganarle la batalla a un segundo orgasmo que se anunciaba pero que tardó en llegar. Ella solo quería pasar bueno, cero compromisos. Cero complique.

Entre el valet, los peruchos, Clarita y el Normandy, mi vida parecía tomar forma hasta que recibí un text de Karina. Hola, decía. Hola, respondí. Viste esto, preguntó, y mandó un link de Ticketmaster que, al abrirlo, aparecía Andrés Calamaro con sus Ray Ban negros. El sábado 8 de octubre tocaría en el Fillmore de Miami Beach.

—¿Puedes hablar? —escribí.

—Llamá.

Karina me hacía por North Miami, no por Gables. Ella estaba bien, seguía en By the slice. Le hablé de los peruchos, del Waiters Night, del bakery, de mi efficiency. Y, mirá, ¿andas con alguien? interrumpió. A pesar que había amanecido con Clarita y que ya era una regla tácita regresar los miércoles juntos del Normandy, le dije que no, que no tenía a nadie. ¿Y tú? ¿Ella? Ella estaba con Joe. De pronto la conversación perdió el sentido, o al menos no recuerdo por dónde siguió, solo se me venía a la cabeza la cara de ese hijo de puta disgustado because two employees no podían estar dating. Debo alistarme para ir al trabajo, dije. Antes de colgar, Karina preguntó si me compraba ticket para el concierto.

—No.

—¿Por?

Insistí en que debía alistarme para ir al trabajo.

Los días siguientes fueron como los primeros cuando llegué a Gables: saliendo del valet al Phillips Park y después a ver Netflix. El actor esa vez era De Niro, y elegí el film Ronin. Seguí con Raging Bull y Casino. Unas aguas más tarzán en el Normandy, decían los peruchos. Paso, hoy no. También Clarita me texteó el miércoles saliendo del Normandy, a preguntar por qué no había caído por ahí y que si quería que fuera a mi efficiency. Respondí al día siguiente, tenía gripe y un malestar de mierda, mentí, y estaba metido en la cama.

—Uy, parce, avise si quiere que me meta con usted para quitarle la maluquera.

Le dije que no era necesario, pero igual pasó por

mi casa con una caja de Dayquil y una Caribbean Chicken Soup del Pollo Tropical. Hablamos del Waiter's del día anterior unos minutos en la puerta y se fue porque tenía que ir a mercar.

—Tómese esa sopa calientica —escuché a mis espaldas al cerrar la puerta.

A Karina no le importó que le dijera que no me comprara ticket para Calamaro, y me envió un text con una foto de ellos. Son de los caros, che, te veo en la puerta del Fillmore el 8, beso, K. Más tarde, esperando a que Clarita se desvistiera sentada al pie de la cama, se lo comenté. Cuando solo le quedaba el brassier volteó, por los bordes asomaba el color canela de sus pezones, y dijo que le parecía de lo más normal la propuesta. Algunos manes, agregó, éramos unos enrollados. Especialmente yo, marica, que estaba muy cansón con ese tema. Vaya y pase bueno, no tiene ni que pagar la boleta. Luego la tomé por la cabeza con las dos manos y la llevé hacia mi entrepierna.

El 8 de octubre me bajé en el bus stop del Fillmore media hora antes del concierto. Karina silbó desde unos metros más allá, vestida con la camiseta de Boca. ¡La remerita!, dijo con las manos en la cintura, cuando la tuve enfrente.

Joe no estaba al tanto de nuestra ida al concierto, Karina le dijo que fue con unas amigas. El tipo me tenía unos celos de mierda. De la re mierda. Ni en By the Slice se podía mencionar mi nombre. La salida de Calamaro al escenario nos cortó: las luces se apagaron y el público se puso de pie. Era su primer concierto en Miami y lo celebraba con tequila, en el suelo tenía una botella de Herradura que prometió terminar. Presentó a su banda y abrió con Quién asó la manteca, luego vinieron el Salmón y Mi gin tonic. En Siete segundos recordé la tarde en que me llevé los discos del efficiency. Karina estaba en By the Slice. Esa tarde llovía. Llovía mucho. Ya la cocina había perdido su olor a café con humo de cigarro, en la nevera acaso algunas botellas de agua y yogur, y en el clóset varios de los que fueron mis ganchos esperaban por otros pantalones. Escondí la llave bajo el tapete de la puerta. Así me lo pidió Karina. Por la pizzería no, che. No. Y así fue. Afuera el agua bañaba las aceras rojas y agrietadas y el cielo era una masa color periódico. Metí como pude los discos por debajo de mi camiseta y apuré el paso.

El concierto cerró con el clásico Paloma y sin una gota en la botella de Herradura. Karina dijo para tomarnos una última y terminar la conversa que se nos fue cuando apareció Calamaro. Joe salía de la pizzería a las cinco de la mañana, no había quilombo. Quería ir al Al Capone, el barcito en la Washington que íbamos cuando empezamos a conocernos a escuchar a la banda Pistolas Rosadas. Le propuse mejor ir al Bikini, para charlar con calma, ahí tenía pensado dormir porque a esa hora ya no pasaría el bus a Coral Gables. Caminamos por la Meridian Avenue. A Karina le gustaba cómo los árboles encerraban la avenida, de noche parecía una cueva enorme. Antes hicimos una parada en el Art Deco Market y compramos un six de Heineken.

En la habitación destapé un par de botellas, dejé el six en la mesita de noche y me desparramé en el tapete de rombos azules y grises, con la espalda recostada contra la cama. Karina se quitó la camiseta de Boca y me la lanzó. Es para vos, dijo, en el bolso tenía otra para después. Se sentó a mi lado, con su brassier blanco. Olí la camiseta. Saqué mi celular, no tenía mensaje ni llamadas perdidas, le mostré un selfie con Clarita y los peruchos en un Waiter's Night. Le dio risa ver los platos con los huesos de las alitas, ahí debía haber por lo menos cuarenta pollos mutilados. Veinte, dije. En cada uno había veinte pollos mutilados. ¿Y ese chalequito? preguntó. Era mi uniforme en el bakery. Se te ve re puto, dijo. Horrible, sí, horrible y caluroso, pero ya estaba acostumbrado.

—Salud —abrí otras dos botellas.

De pronto Karina dijo que se casaba.

Y se casaba ya.

En un par de semanas.

Joe le había propuesto matrimonio, para ayudarla con los papers. Tuvieron cita con un paralegal, el chabón parecía capo, les explicó step by step cómo debían hacer las cosas, lo recomendable era casarse lo antes posible por el tiempo que ella llevaba ilegal. Además, irían a pasar navidad a Georgia, con la familia de Joe, y quería presentarla como su esposa.

—Navidad en Georgia —fue lo único que atiné a decir.

—Y sí, ya sabés cómo es acá, hay que pasarla laburando o tomar pastillas para dormir; si no uno se mete un tiro. ¿Recordás la vez que nos tocó en la pizzería?

Esa navidad Karina pasó la noche tratando de comunicarse con su vieja en Mar del Plata, pero llamar era imposible, all circuits estaban busy right now. Yo me entretuve apachurrando una de las bolas de masa para las pizzas y llenando una latita de Sprite con colillas de Marlboro, era mejor que prestar atención al programa de Don Francisco, en mute, que transmitía el televisor colgado de la pared. El único sujeto que entró en By the Slice compró una Coca Cola y la mezcló con un ron en cajita que sacó de su bolsillo.

Se hizo un silencio espeso. Breve pero espeso. Entonces me preguntó si quería que se fuera. Le dije que no. Le dije que así estaba bien, que aún quedaba cerveza. Nos acomodamos en la cama, con jeans, con zapatos. Yo boca arriba, mirando el techo, con el celular sobre la barriga. Y Karina boca abajo, con la cabeza sobre la remerita y mirando hacia la puerta.

Domingo familiar sin familia

—De pesos a dólares son mil ochocientos —calculó el dependiente, y Karina dejó la plata sobre el mostrador forrado con billetes de países de Latinoamérica. Recibirían el giro en diez a veinte minutos.

Al salir de la agencia Pegasus pasamos por el By the Slice y la taquería La Chismosa, pero estaban tapiados con planchas de madera en las puertas y ventanales. Lo mismo el Seven Eleven. El reporte del Centro de Huracanes indicaba que el huracán Allison entraría por las costas de Miami Beach a las diez de la noche.

La única opción para matar el hambre era el McDonalds de Lincoln.

—Dos double cheese only with mayo and onions, con papitas y Coca Cola —ordené.

—Credit or debit?

—Pásala como débito.

En el efficiency encendimos el equipo con el Alta Suciedad de Calamaro y nos sentamos en la cocina. La tarde anterior a la hora de break en la pizzería, Karina y yo compartíamos una lata de Coca Cola en la cocina, y Joe, el manager, mientras sacaba cuentas, nos escuchó discutir porque no teníamos dónde pasar el huracán. Yo insistía en que debíamos refugiarnos en un shelter. Karina en que ni en pedo, esos lugares estaban llenos de homeless y drogadictos. El problema era que el efficiency no tenía maderas ni shutters y que no nos alumbraba un peso para llenarnos de provisiones de agua y enlatados porque mi quincena se fue en la renta y porque Karina debía mandar hasta el último centavo a Mar del Plata para pagar la matrícula de su hermano Fede al instituto. Guys, guys, relax, dijo Joe, e hizo la calculadora a un lado y nos ofreció refugio en la pizzería que tenía shutters y si la cosa se ponía jodida nos encerrábamos en la despensa, que era un mini bunker, ahí estaríamos más seguros que en el shelter. Entendía que era nuestro primer huracán y por eso estábamos tensos, pero no era para tanto. Que lo pensemos, dijo, y le avisemos. No teníamos mucho que pensar, según yo, y Karina terminó por darme la razón.

Karina no probó las papitas y se levantó a llamar a su mamá y darle el ticket confirmation number de Pegasus. Yo terminé la hamburguesa y todas las papitas y le di una última revisada a la mochila que habíamos preparado con algunas cosas indispensables para llevarnos, mientras la voz de Calamaro, en Señal que te he perdido, se confundía con la de Karina al teléfono con su mamá: no mi negra, tranquila, vamos a estar en casa. Está todo seguro, no es como dicen las noticias. No te preocupés. ¿Y el Fede? Mandale besos. Bueno, te dejo, debemos alistar unas cosas. Dale, sí, mañana te llamo. En caso se rompieran los vidrios y algunos objetos pudieran salir volando, seguimos los consejos de Joe y guardamos en el baño los discos de Calamaro, un cenicerito con un gaucho pintado en acuarela, y un marco con una foto de Karina, con Fede y su mamá en Ezeiza frente al sign de International Departures, el día que partió. Ninguno había salido del país y la emoción y la tristeza por irse sin vuelta atrás eran cables que chocaban y sacaban chispas de recuerdos, cuando en el cole, algún compañero regresaba de vacaciones con una remerita que decía Welcome to Miami en letras hot pink. Karina entonces le pedía a su mamá que la llevara a Disney, y su mamá se reía, eso era para ricos, nena, capaz para sus quince si encontraban un hotelito barato, aunque los gringos todo lo tenían re caro, y en la casa, a las justas y se llegaba a fin de mes con lo que hacía de telefonista en la Notaría Villanueva y remendando pantalones y camisas de abogados y notarios y clientes del despacho.

Afuera las ramas de las palmeras cedían al viento con facilidad, y los bares y discotecas de la Washington Avenue, tan lejos del brillo que les sacaba cada noche el neón, parecían trincheras blindadas con madera y metal. By the Slice nos recibió con su olor a orégano y aceite quemado, y junto a la caja registradora, una nota de Joe que decía feel free to eat and drink y también una linterna con dos juegos de pilas. Encendimos la tele que colgaba en la pared, al lado del menú, y apareció un meteorólogo de traje gris, camisa negra y corbata roja frente al mapa de Florida, explicando las posibles trayectorias que podía tener Allison.

—¿Una cerveza? —pregunté.

—Esperá a que pase la mierda esa, boludo —respondió Karina mirando hacia la pantalla con imágenes de los daños de Allison en su recorrido por las Bahamas: casas sin techo, postes, cables, ramas y troncos dispersos por el suelo.

Los estudios de Fede eran la razón para que Karina se metiera en esa pizzería, que era una estufa tibia, diez o doce horas diarias. A ella jamás le interesó estudiar, solo quería guita, nada más. Un negocio que le diera guita, aunque tampoco sabía qué negocio. En cambio, Fede, desde chiquito, hacía la tarea sin joder a nadie, era un capo de la matemática y leía los fines de semana cuando los pibes correteaban tras de la pelota. Está afectado, ya se va a despabilar, decía su vieja, cuando lo veía sentado en la mesita mordiéndose las mangas del suéter y pasando páginas de las *Fábulas de Samaniego*. Pero ese domingo de gritos entre su papá y su mamá, que terminaron con un portazo de su papá mientras Karina y Fede los esperaban a la mesa con las tostadas, la mermelada y la mantequilla, se hacía un punto cada vez más distante en el horizonte y Fede seguía igual. No fue un domingo cualquiera de ravioles y tele en el living, con DVD's de Van Damme o Schwarzenegger que traía su viejo del centro, en estuches donde apenas se distinguían a los actores en la fotocopia de la portada. Su mamá se encerró y el resto de la tarde, Karina, sin cambiarse el pijama, y Fede, acostadito de cara a la pared amarillo pálido, la pasaron en la pieza que compartían, con el programa de Tinelli llenando el silencio que asfixiaba la casa como gas lacrimógeno. A la mañana Karina vio que la almohada de su papá no se había movido de su lugar en toda la noche y que la billetera y sus lentes no estaban en el velador.

En los días que siguieron el clóset pasó a ser un vacío con olor a su papá, los geranios en macetas hechas de botellas de Sprite no se regaron más y se marchitaron y los lunares de aceite que dejaba su Volkswagen en la puerta se secaron y no se volvieron a humedecer. Fede preguntó una, dos veces por su viejo, y su mamá le dijo que estaba laburando hasta tarde, que llegaba cuando todos dormían y se iba tempranito. Pero el petiso no era idiota, y más de una vez Karina lo vio mordisqueándose el suéter, parado frente al clóset vacío, mientras el olor de su papá se le colaba por los huequitos de la nariz.

En la despensa tendimos las toallas que llevamos y nos sentamos contra la pared, junto a latas de salsa de tomate, frascos de sal y paquetes de harina. Las ráfagas de viento rugían como un animal salvaje y el foco desnudo que derramaba su luz en el techo parpadeó. Karina cerró los ojos. Le pasé el brazo por encima de los hombros. El foco volvió a parpadear y aunque más prolongado que la vez anterior, no fue necesario encender la linterna. No podía sacarme las imágenes de Allison en las Bahamas: casas sin techo, postes, cables, ramas y troncos dispersos por el suelo. A lo mejor Karina tampoco. O a lo mejor ella pensaba en Fede frente al clóset de su papá, mordisqueando el suéter. O en la vez en que Fede fue portero en el torneo del cole y los golearon, y a la salida dos pibes se le fueron encima para cagarlo a trompadas, y de pronto apareció su papá, hacía meses no lo veían, y de un par de carajazos espantó a los pibes y agarró a Fede por una mano y a Karina por otra y los llevó en el Volkswagen hasta la casa. Ese día Karina descubrió que la mano de su papá era áspera, reseca, con cayos, antes no lo había notado. O en sus preparativos para el primer día de clases. El petiso no podía creer que se le estaba cumpliendo lo de sus estudios de farmacéutico, hacía año y medio que se había graduado del secundario y los días se le iban entre libros de Cortázar y García Márquez o con los audífonos en las orejas, aprendiendo cursos de inglés en unos CD que le había pedido a Karina que le envíe por navidad, para no sentirse un inútil.

El animal salvaje paró de rugir y salimos. El meteorólogo de la corbata roja recomendaba no asomarse a la calle en las próximas horas porque llovería copioso. En muchos lugares, además, se había ido la luz.

Dejé la linterna sobre la mesita y cambié de canal.

Apareció otro periodista.

Volví a cambiar y lo mismo: otro periodista.

—¿Cómo estará el efficiency? —dijo Karina. No había abierto la boca desde que nos encerramos en la despensa.

—Espero que bien.

La Washington era un coro de sirenas de patrullas, de bomberos y del rescue. Y las luces parpadearon de nuevo, aunque esa vez no reaccionaron y nos quedamos a oscuras.

Lonely Highway

When they kick at your front door
How you gonna come?
With your hands on your head
Or on the trigger of your gun

Guns of Brixton, The Clash

Randy me mandó la dirección del christmas dinner y guardé el celular en el bolsillo del impermeable. Mi mirada se perdió en la línea en la que se iba convirtiendo Seattle, en el horizonte negro, a través del cristal. Fui casi la última en abordar el ferry. Normalmente demoraba trece minutos en llegar a la estación, pero en esos días tardaba hasta media hora, porque me detenía a observar las casas con nieve en los tejados y las fachadas decoradas con santas y lucecitas rojas y verdes titilando. Era la primera vez que veía la nieve. Y en navidad. De un momento a otro había decidido irme de Miami Beach. No pude más con sus noches de neón. Estaba ahorcada: no podía ni pagar el efficiency.

Me subí a un Greyhound con un boleto a Seattle. Las primeras noches dormí en la cama twin de un motel del Downtown, donde las luces de los pasillos eran rojas, las de los baños de baldosas negras y donde una apenas cabía sentada sin estirar las piernas, verdes como las del avispón, y dejaban entrar a los homeless al lobby porque el frío en la calle era insostenible. Luego renté un studio en las afueras de la ciudad y a la semana vi el cartelito de Help Wanted en la puerta de Seattle City Records y entré. Me recibió un sujeto enfundado en pantalones y t-shirt negros muy ceñidos y botas de militar que me acribilló a preguntas de discografía, chismes y nombres de miembros de bandas que respondí sin problema y sin gran entusiasmo me estiró la mano. My name's Randy, dijo, y podía empezar al día siguiente atendiendo el front desk. Doce la hora y paga quincenal.

Randy se ocupaba de los asuntos administrativos en un cuartucho en la trastienda. Por la mañana se encerraba con su café y no asomaba hasta la hora del cierre. Ni para almorzar. Casi siempre pedía delivery del mismo sushi y yo se lo alcanzaba. Por mí mejor: así podía escuchar la música que me diera la gana. Una de mis responsabilidades era que siempre hubiera un vinilo sonando en la consola de Seattle City Records. Ponía a Bowie, The Smiths, Tom Petty, The Clash, y me sentaba a la espera de algún cliente. Jamás había estado rodeada de tantos discos. Jamás. Con mi primer cheque compré el *London Calling*, de The Clash. Tenía que empezar otra vez mi colección, porque la había dejado con mi consola en Miami, pero Randy no me aceptó el pago y dijo que, en adelante, si quería otro, me lo cargaba con 20% de descuento a mi paycheck.

Una tarde llegaron dos parejas a buscar a Randy. Una era de lesbianas treintonas y la otra un latino treintón y una gringa sesentona. Tell him that someone here is looking for Randy Boy, dijeron. Y Randy no me dejó terminar cuando me asomé al cuartucho: su Macbook quedó encendida sobre el escritorio, con una foto en la que aparecía besándose con un muchacho que tendría su misma edad.

Los amigos de Randy dijeron para tomar cervezas en el Finnegan's, el bar que quedaba en la misma cuadra que Seattle City Records, y me invitaron. Joan y Ozzy, nice to meet you, se presentaron las lesbianas, hacía cinco meses se habían mudado a Oregon y estaban en Seattle por Thanksgiving. La sesentona era Sophie y el muchacho, Marco. Ellos sí vivían en Seattle. Ella era coleccionista de cuadros de artistas pop y él, jardinero de millonarios. La velada fue un desfile de vasos de Guinness y de escuchar la experiencia de Joan y Ozzy en la nueva ciudad. Aunque a veces se dirigían a Randy a preguntarle cómo estaba llevando las cosas y él respondía que so, so. Que había días que no quería ni levantarse de la cama. Entonces el silencio se posaba sobre la mesa y Marco, que estaba a su lado, le ponía una mano sobre el hombro y lo rompía con alguna broma estúpida.

A las once Joan y Ozzy se levantaron. Estaban agotadas del viaje y querían irse a descansar. Sophie y Marco las siguieron, Marco tenía que madrugar. Y al despedirse Sophie nos invitó a un barbecue en su casa, que nunca olvidaré porque jamás me habían invitado a celebrar Thanksgiving.

—The last one? —preguntó Randy.

Le dije que sí y ordenamos dos drafts de Guinness y fish'n chips. No habíamos comido.

Entonces Randy me agarró por el antebrazo y me contó que el 25 de diciembre del año anterior perdió a Jimmy. Y me mostró una foto que tenía en su billetera, era el mismo muchacho con el que se besaba en la foto de su computadora. Caminaba al Pike Place Fish Market, a comprar cangrejos, y una Explorer blanca derrapó en la escarcha del asfalto, se volcó sobre Jimmy que iba distraído en el celular y su cabeza quedó abierta en el pavimento. Llevaban siete años. Siete, repetía Randy, con la mirada en la espuma que se arremolinaba en un vaso de Guinness que servía la bartender. Entre psiquiatras, especialistas y antidepresivos llegó a la gente con la que acabábamos de tomar las cervezas. Eran un grupo de terapia, una suerte de alcohólicos anónimos para personas que habían perdido seres queridos y se juntaba los sábados en un Community Center. Desayunaban y contaban cómo les había ido en la semana. La idea era botarlo todo, desahogar. El grupo era de quince, pero con Joan, Ozzy, Sophie y Marco salía los fines de semana y los martes hacían movie nights. Ellos lo animaron a abrir Seattle City Records, que se mantuvo cerrado tres meses y medio. En ese momento me soltó el antebrazo y se disculpó, cada vez que tomaba un par de cervezas no podía evitarlo.

Después de esa noche, Randy no volvió a cerrar su puerta en Seattle City Records y empezó a llegar con café y bagels en la mañana para los dos. Los comíamos en su oficina, frente a su foto con Jimmy en la Mac, y aunque no hablábamos del tema, decía que se acercaba una fecha que creía que no sería capaz de manejar. Felizmente, Joan y Ozzy habían confirmado que vendrían para navidad y que Sophie haría un Christmas Dinner, porque si no, no tendría con quién pasarla, y obviamente yo tampoco, aunque no me chocaba pasarla sola, escuchando el London

Calling! en la consola Technics que acaba de comprar y venía en camino por Amazon.

Me bajé del ferry con hambre. Port Orchard no era como Seattle, lo único que tenía camino a mi studio era el Red Dragon Chinese y un Dunkin Donuts. Normalmente compraba un veggie fried rice y un side de dumplings en el Red Dragon. Pero hacía días tenía en la cabeza la imagen de un donut de fresa con sprinkles como el del cover del vinilo de Claudio Roncoli, así que el stop fue en el Dunkin y me llevé dos docenas: Buy one, get the second for $1. Mataría el antojo y el resto para lo de Sophie. Me senté con mi donut junto a la Technics. Acababa de llegar, puse el London Calling! y me tocaron la puerta. Raro. Nunca me habían tocado la puerta en Port Orchard, menos a esa hora. A través de la ventana vi que se trataba de un uniformado, y que las luces circulares del techo de su patrulla dibujaban estelas azules y rojas en el aire.

—Yes sir. It's me —respondí al officer —my name is Nata Napolitano.

Y también respondí yes sir cuando preguntó si conocía a Mr. Randy Banks.

La vecina de Randy escuchó vidrios rotos en la casa de Randy y que estrellaban cosas contra las paredes.

Y escuchó disparos y llamó al Police Department. Están robando, hizo el denuncio, y sonaron más disparos y la policía le dijo que ni se asomara, que en unos minutos llegarían.

Dos officers violentaron la cerradura y encendieron las luces.

En la sala un espejo roto.

Un florero destrozado.

Pétalos dispersos.

También fotos. Fotos de Randy y Tom abrazados al pie de las montañas blancas de Aspen. Tendidos al sol en la Costa Brava. En Disney. En el Rockefeller Center.

Y en la habitación de Randy, a Randy con sus pantalones negros ceñidos, en la cama, y sus botas de punk ochentero. Una bala calibre 38 había surcado su cabeza de lado a lado. El último registro que se encontró en el iphone de Randy era el mensaje que me envió con la dirección de Sophie. La otra actividad del día eran cuatro texts a mí con preguntas del inventario de fin de año de Seattle City Records. Tenía que acompañar al officer a la morgue, alguien debía reconocer el cuerpo y reclamarlo. Let me get my jacket, dije, y no me dio tiempo de pensar, ni de reaccionar. No me dio tiempo de nada, solo de descolgar mi impermeable de atrás de la puerta mientras la Technics sonaba al fondo con Guns of Brixton.

Florida Book Award
Medalla de oro
2017

«Varsovia de Pedro Medina León: El Miami que no conocen los turistas, pero sí (ciertos) escritores**».**

Camilo Egaña — CNN

«Una excelente arqueología lingüística de la ciudad de Miami y el drama que los hispanos viven allí**».**

Carlos Gámez Pérez

«Pedro Medina León ha construido una novela policial que es mucho más que un texto de género, que es un mapa duro y a la vez entrañable de Miami y sus habitantes, de un mundo en diáspora que busca arraigo y solo cosecha incertidumbre**».**

Hugo Fontana

Colección **Cangrejo**

Otros títulos de este autor:

www.sudaquia.net

«Pedro Medina León ha escrito una novela para los que desean irse de su país, pero también, y aquí su acierto que resuena como una mueca amarga, para aquellos que necesitan volver».

El Nuevo Herald

«Marginal de Pedro Medina León es una muestra más que estamos ante la fundación y desarrollo del New Latino Boom, la explosión de literatura en español escrita y publicada en Estados Unidos».

Naida Saavedra

«Marginal desnuda a una Miami que se ha convertido en la capital latinoamericana de los Estados Unidos. En ella el sueño americano muestra su lado más oscuro, ahí donde la perversidad humana se da entre palmeras, frente a la playa».

Xalvador García

Otros títulos de este autor:

www.sudaquia.net

«Pedro Medina León vuelve con el género que mejor le cabe, el *noir*, y con el personaje que mejor representa el lado menos clamoroso de Miami. Una combinación que nos entrega adrenalina, intriga y el constante rumor de una ciudad como Miami».

Fernando Olszanski

«*Americana* de Pedro Medina León es una invitación directa a la exploración y apropiación de la ciudad cosmopolita de Miami. Las imágenes que crea nos brinda el tan necesitado retrato de grupo».

Roberto Mata

«*Americana* es hermosa y singular en su especie. Con una combinación de aspectos del *noir tropical*, de la novela detectivesca y de la ficción histórica, *Americana* presenta un dibujo vívido de los Miamis del pasado y el presente que va más allá del espejismo construido por las tarjetas postales».

Zachary D'Orsi

Otros títulos de este autor:

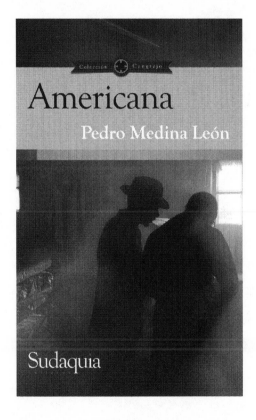

www.sudaquia.net

Otros títulos de esta colección:

www. sudaquia.net

Made in the USA
Columbia, SC
21 September 2020